옛날 사람 체크리스트

패션편 ○ 부르뎅 ○ 김민재아동복 ○ 포키 ○ 보세창고 ○ 고리바지 ○ 디스코바지 ○ 스노우진 ○ 유즈드 ○ 마리떼프랑소와저버 ○ 승마바지 ○ 청청패션 ○ 잠자리안경 ○ 닉스 ○ 브렌따노 ○ 헌트 ○ 티피코시 ○ 까미로 ○ 까발로 ○ 월드컵 ○ 죠다쉬 ○ 양면잠바

놀이편 ○ 다방구 ○ 오징어 ○ 돈까스 ○ 스카이콩콩 ○ 자치기 ○ 사방치기 ○ 땅따먹기 ○ 짬뽕 ○ 허수아비 ○ 고무줄놀이 ○ 공기놀이 ○ 구슬치기 ○ 제기차기 ○ 술래잡기 ○ 대댄찌 ○ 꼬리잡기 ○ 콩알탄 ○ 화약총 ○ 종이인형 ○ 호피티 ○ 요술문어 ○ 본드풍선 ○ 장난감말 ○ 고바리안 ○ 실뜨기 ○ 동서남북 ○ 리어카목마 ○ 리어카관람차 ○ 말뚝박기

학교편 ○ 극기훈련 ○ 위문편지 ○ 위문품 ○ 평화의 댐 ○ 탐구생활 ○ 크리스마스씰 ○ 불우이웃돕기 ○ 반공표어/포스터 그리기 ○ 난로당번 ○ 조개탄 ○ 물체주머니 ○ 채변봉투 ○ 오전/오후반 ○ 풍금 ○ 지우개털이 ○ 쓰리세븐책가방 ○ 실내화주머니 ○ 왁스걸레 ○ 폐품

생활편 ○ 국기하강식 ○ 각하 ○ 고물리어카 ○ 리어카사진관 ○ 길보드차트 ○ 미도파백화점 ○ 선데이서울 ○ 회수권 ○ 토큰 ○ 비디오대여점 ○ 삼풍백화점 ○ 성수대교 ○ 국제롤러스케이트장 ○ 계란이 왔어요 ○ 칼 갈아요

먹거리편 ○ 뽀빠이 ○ 티나 ○ 아이차 ○ 깐도리 ○ 대롱대롱 ○ 신호등사탕 ○ 원기소 ○ 쌀대롱 ○ 논두렁밭두렁 ○ 딱따구리 ○ 옥수수식빵(플라스틱칼) ○ 보름달 ○ 찹쌀떡메밀묵 ○ 생강엿 ○ 아폴로 ○ 휘파람사탕 ○ 줄줄이뷔페 ○ 카스테라 ○ 술빵 ○ 비29 ○ 더브러 ○ 짝꿍 ○ 돈돈 ○ 꾀돌이 ○ 쫄쫄이 ○ 월드컵쥐포 ○ 병우유 ○ 눈깔사탕 ○ 아카시아껌 ○ 우산초콜릿 ○ 쫀드기 ○ 맛기차 ○ 땅콩캬라멜 ○ 유가 ○ 만화껌 ○ 웬디스햄버거 ○ 허브큐 ○ 바둑알초콜릿 ○ 똘똘이쥐포 ○ 딸기맛체스터쿵 ○ 쮸쮸바 ○ 피져 ○ 동부

유행어편 ○ 캡 ○ 짱 ○ 따봉 ○ 왠열 ○ 지구를 떠나거라 ○ 나가 놀아라 ○ 야 타 ○ 니 똥 칼라 ○ 잘될 턱이 있나 ○ 콩나물 팍팍 무쳤냐 ○ 난 봉이야 ○ 별들에게 물어봐 ○ 음메 기 살어 음메 기 죽어 ○ 반갑구만 반가워요 ○ 나 떨고 있니 ○ 뼹이야 ○ 숭구리당당숭당당 수구수구당당숭당당 ○ 잘났어 정말 ○ 영구 없다 ○ 비사이로막가 ○ 깐대또까 ○ 김수한무 거북이와 두루미 삼천갑자 동방삭 치치카포 사리사리센타 워리워리 세브리깡 무두셀라 구름이 허리케인에 담벼락 담벼락에 서생원 서생원에 고양이 고양이엔 바둑이 바둑이는 돌돌이

TV편 ○ 브이 ○ AFKN ○ 명랑운동회 ○ 토토즐 ○ 쇼비디오쟈키 ○ 코스비가족 ○ 케빈은 12살 ○ 천재소년 두기 ○ 키트 ○ A특공대 ○ 육백만불의 사나이 ○ SOS해상기동대 ○ 천사들의 합창 ○ 모여라 꿈동산 ○ 블루문특급 ○ 영11 ○ 한지붕 세가족 ○ 젊음의 행진 ○ 수사반장 ○ 제5전선 ○ 하버드대학의 공부벌레들 ○ 호랑이선생님 ○ 머나먼 정글 ○ 주말의 명화 ○ 명화극장 ○ 환상특급 ○ 맥가이버 ○ 말괄량이 삐삐 ○ 초원의 집 ○ 유머일번지 ○ 웃으면 복이 와요 ○ 사춘기 ○ 독수리 오형제 ○ 소공녀 세라 ○ 이상한 나라의 폴 ○ 개구쟁이 푸무클 ○ 어린이명작동화 ○ 모래요정 바람돌이 ○ 요술공주 밍키 ○ 개구쟁이 스머프 ○ 빨강머리 앤 ○ 옛날옛적에 ○ 태권V

노래편 ○ 호랑나비 ○ 바람바람바람 ○ 어젯밤 이야기 ○ 삐에로는 우릴 보고 웃지 ○ 바람아 멈추어다오 ○ 짚시여인 ○ 담다디 ○ 희망사항 ○ 흐린 기억 속의 그대 ○ 널 그리며 ○ 경아 ○ DDD ○ 빙글빙글 ○ 인디언 인형처럼 ○ 신사동 그 사람 ○ 달빛 창가에서 ○ 어쩌다 마주친 그대

영화편 ○ 행복은 성적순이 아니잖아요 ○ 영구와 땡칠이 ○ 우뢰매 ○ E.T. ○ 오싱 ○ 그래 가끔 하늘을 보자 ○ 취권 ○ 쾌찬차 ○ 더티댄싱 ○ 탑건 ○ 비 오는 날의 수채화 ○ 람보 ○ 영환도사 ○ 애마부인 ○ 뽕 ○ 라붐 ○ 지옥의 반담 ○ 어벤져 ○ 블루라군 ○ 나이트메어 ○ 변강쇠 ○ 달마가 동쪽으로 간 까닭은? ○ 13일의 금요일

인물편 ○ 헐크호건 ○ 워리어 ○ 망태기할아버지 ○ 홍콩할머니 ○ 굴렁쇠소년 ○ 보통사람 ○ 영구 ○ 맹구 ○ 카타리나비트 ○ 임병수 ○ 오렌지족 ○ 똑순이 ○ 이지연 ○ 김범룡 ○ 박남정 ○ 김완선 ○ 소방차 ○ 이주일 ○ 순악질여사 ○ 행국이 ○ 김병조 ○ 버스안내양 ○ 엘리베이터걸 ○ 마유미 ○ 유쾌한 ○ 두부아저씨 ○ 병아리아저씨 ○ 소피마르소 ○ 브룩쉴즈 ○ 톰크루즈 ○ 피비케이츠 ○ 유리겔라

사물편 ○ 삐삐 ○ 시티폰 ○ 호돌이 ○ 마이마이 ○ 워크맨 ○ 뽐뿌 ○ 곤로 ○ 양심냉장고 ○ 못난이인형 ○ 주황색 공중전화기 ○ 스타책받침 ○ 야구지갑 ○ 종이컵전화기 ○ 팔각성냥 ○ 양배추인형 ○ 비닐우산 ○ 보물섬 ○ 전화번호부 ○ 부팅디스켓 ○ 플로피디스켓 ○ 초록색루즈

게임편 ○ 페르시아의 왕자 ○ 고인돌 ○ 천리안 ○ 하이텔 ○ 나우누리 ○ 겜보이 ○ 따조 ○ 요요 ○ 가위바위보오락기 ○ 너구리 ○ 테트리스 ○ 땅따먹기 ○ 갤러그 ○ 보글보글 ○ 라이덴 ○ 랍스터뽑기 ○ 만화경 ○ 뱀주사위놀이 ○ 야구게임 ○ 다마고치 ○ 수중링걸이 ○ 미니올림픽 ○ 매직아이

기타 ○ 화살로 쏘는 주택복권 ○ 휴거 ○ MBC청룡 ○ OB베어스 ○ 소변금지 ○ 개조심 ○ 낙서금지 ○ 재떨이 ○ 한일은행 ○ 자연농원 ○ 신문사절

기억하자.

우린 모두 한때-그것이 정말 찰나의 순간일지라도-

사랑받던 아이였다는 것을.

어른이 추억 명작선

한지은

별걸 다 기억하는

초판 인쇄 2019년 7월 12일
초판 발행 2019년 7월 20일
글 한지은
일러스트 김진영
편집 권영선
디자인 곰곰디자인·조희정
홍보 김진현, 김윤정, 김선아, 이혜민, 이진희
펴낸이 문지애
펴낸곳 보통의나날
주소 서울시 용산구 이촌로65가길 3, 110-1904
전화 070-8811-2299
팩스 02-6974-1600
전자우편 orddays@naver.com
홈페이지 www.orddays.com
출판등록 2015년 1월 15일 제2015-000005호

ISBN 979-11-956075-6-3 03810

이 도서의 국립중앙도서관
출판예정도서목록(CIP)은 서지정보유통지원시스템
홈페이지(http://seoji.nl.go.kr)와 국가자료종합목록
구축시스템(http://kolis-net.nl.go.kr)에서 이용하실
수 있습니다. (CIP제어번호 : CIP2019026575)

별걸 다
기억하는

보통의
나날

그때 그 시간,
우리가 있던 시간 속으로

—

다방구, 구슬치기, 스카이콩콩, 뽑기, 달고나, 깐돌이, 아폴로, <브이>, 소독차, 리어카 목마…….

어릴 적 했던 놀이나 군것질, 그때 유행했던 노래와 TV 프로그램을 떠올리면 물밀 듯 쏟아져나오는 추억의 파편들. 유년 시절을 함께한 친구들과 "맞아, 그땐 그랬어!" 하며 서로 다른 기억을 짜 맞추고, 비슷한 연배의 사람들을 만나면 "기억나요?" 하며 자연스레 지난 추억을 소환해 한바탕 이야기꽃을 피우고…….

나이를 먹을수록, 시간이 지날수록 지난 기억을 떠올리며 추억에 잠기는 일이 잦아진다. 아폴로에서 시작한 이야기가 달고나로, 고무줄에서 구슬치기로 번져가며 끝도 없이 이어지는 그 시절의 이야기 조각들. 이 책은 그 조각들을 맞추며 시작되었다. 1970년대에 태어나 1980년대를 지나고 1990년대에 어른이 된 나와 우리, 그날의 이야기들.

봄에는 기찻길에서 아지랑이 따라 춤을 추고, 여름에는 나무 그늘 아래서 공기놀이를 하고, 가을에는 낙엽을 주워 모아 소꿉놀이를 하고, 겨울에는 연탄 굴려 눈사람을 만들던, 세상의 모든 곳이 우리의 놀이터였던 그 시절. 마치 오늘이 마지막인 것처럼 미친 듯이 놀았던 그때.

그날의 우리가 얼마나 순수하고 사랑스러웠는지 떠올리며 작은 나의 추억 조각을 먼저 꺼내본다. 혹시 내 이야기 끝에 떠오르는 친구나 놀이, 추억이 있다면 계속 퍼즐의 조각을 맞추며 이어나가 보기를 바란다. 유년 시절의 퍼즐이 완성되는 어느 날 어린 날의 당신과 마주하게 되기를, 작지만 반짝이던 당신을 꼭 끌어안고 위로받기를. 그리고 글을 쓰는 내내 내가 그랬듯 이 책을 읽는 동안 당신도 잠시 그때 그 시절로 돌아가 웃음 지을 수 있다면, 그리운 얼굴들이 생각나 마음이 따듯해질 수 있다면 참, 좋겠다.

라일락 꽃 향기가 그리운 2019년 여름 한가운데 | 한지은

기억의 차례

학교 앞, 추억이 방울방울

이거 모르면 진짜 옛날 사람도 아니다

라일락 나무 집

세 개쯤 놓인 시멘트 계단 위를 올라가 연녹색 녹슨 철문을 열면 오른편에는 수돗가, 그 옆에는 커다란 라일락 나무가 있었다. 라일락 나무를 끼고 돌면 삼촌들이 쓰던 작은 방이 대청마루와 맞닿아 있고, 마루 왼편에는 할아버지가 쓰시던 안방이 있었다. 안방 안에는 다락방으로 올라갈 수 있는 작은 나무문이 있었는데, 이 비밀 공간은 만화책과 각종 수집품들이 들어찬 삼촌들의 아지트였기 때문에 어린 나는 출입이 쉽지 않았다.

안방 옆에는 커다란 격자 유리문이 달린 부엌이 있었다. 쌀 항아리와 커다란 물 항아리, 벽에 매달린 프라이팬들과 플라스틱 3단 바구니가 가지런히 자리했던 엄마의 공간.

나는 우리 집에서 부엌이 엄마만큼이나 좋았다. 이 작고 어두운 곳에서 엄마는 카스텔라나 도넛을 뚝딱 만들어주셨고 삼촌들이 좋아하는 비빔국수, 우리가 좋아하는 누룽지 튀김도 만들어주셨다. 마땅히 장난감이 없던 시절, 다양하게 쏟아지는 간식거리만큼이나 신비한 물건들이 가득찬 부엌은 나의 보물 창고였다.

부엌에 난 작은 문을 통과해 뒤뜰로 나가면 항아리가 잔뜩 놓인 장독대가 있고, 오른쪽으로 방이 두 개 있는 별채는 고모들이 사용하거나 다른 사람에게 세를 주곤 했다.

부엌에서 나오면 바로 오른편, 대청마루를 마주 보는 곳에 기다란 방이 있었는데 우리 가족은 이곳에서 지냈다. 방 앞에 딸린 작은 마루는 나의 놀이터였다. 하늘과 맞닿은 이곳에서 눈이 내리는 날에는 누워서 눈을 받아먹었고, 비가 오는 날에는 각종 그릇을 늘어놓고 나만의 작은 연주회도 열었다. 라일락 꽃이 필 때면 그 향기에 취해 단잠에 빠져들기도 했고, 꽃잎이 떨어지는 계절에는 라일락 꽃과 이파리로 만든 천연 이불을 덮을 수도 있었다.

우리 방 옆에는 부엌과 작은 창고가 딸린 또 하나의 방이 있었다. 이곳에는 내 소꿉친구인 상우가 살았다. 상우네는 소금을 파는 가게를 했는데 상우가 집어오는 한 주먹의 소금은 소꿉놀이의 밥으로, 찬으로, 양념으로 유용한 놀잇감이 되었다.

나는 우리 방 앞 마루에, 막냇삼촌은 대청마루에 마주 앉아 수박씨를 서로의 얼굴에 뱉어내던 기억, 화장실 갈 때마다 따라오는 빨갛고 파란 휴지 귀신들, 동생의 요람이 묶여 있던 라일락 나무 밑, 그 밑에서 요람을 흔들며 마늘을 까시던 엄마, 대문 앞 계단에 앉아 아빠가 퇴근하시기를 기다리던 기억…….

　내 유년 시절의 기억은 거의 이 한옥 집과 닿아 있다. 지금도 눈을 감으면 그 모습이 선명하게 그려진다. 할아버지와 세 명의 고모, 네 명의 삼촌, 그들의 친구들과 우리 네 가족으로 하루도 조용할 날이 없었던 마포 도화동의 라일락 나무 집.

우리들만의

널 따란
골목 놀이터

친 엄 마

—

우리 가족은 넷째 삼촌을 '짱구' 또는 '짱구박사'라고 불렀다.

삼촌은 늘 진지하고 모르는 것이 없었다. 가만히 생각해보면 말도 안 되는 이야기인데 삼촌이 말하면 왠지 그럴싸하게 들렸다.

웃음기 싹 뺀 어투로 가르치듯 대화를 이끄는 삼촌의 말은 끝까지 들어봐야 그 진위를 파악할 수 있었는데, 늘 그 마무리는 시시하고 어처구니없는 미신이나 농담 따위가 대부분이라 삼촌의 이야기 끝에 남아 있는 사람은 나와 동생,

가끔 막냇삼촌 정도였다. 그래도 나는 삼촌의 이야기를 듣는 것이 좋았다. 비록 엉터리일지라도 내가 묻는 말에 한 번도 "모른다"고 이야기를 끝내는 법이 없었기 때문이다. 그런 삼촌이 나만 보면 늘 하는 이야기가 있었다.

"너, 친엄마 안 찾아? 네 진짜 엄마 시장에서 새우젓 장사해. 나중에 꼭 찾아가. 가만있어보자. 다리 밑에서 울고 있는 널 데려온 지가 어언……."

짓궂은 짱구박사의 농담에 한두 번은 눈을 흘기며 반항하기도 했는데 너무 장기간, 그것도 한 번도 웃지 않고 진지하게, 한결같이 이야기하는 통에 가끔씩 마음이 흔들리기도 했다.

"삼촌, 그만해요. 왜 자꾸 그래? 애 울겠어."

엄마는 내 속상한 마음을 알고 종종 거들어주곤 했는데, 그럴 때마다 삼촌은 예의 그 진지한 모습으로 네모난 안경을 치켜올리며 말했다.

"형수님, 언제까지 숨기실 거예요. 지은이도 이제 알 나이가 됐어요."

가끔 짱구박사는 사기꾼 막냇삼촌과 내가 듣는 곳에서 보란 듯이 나의 친엄마 이야기를 하곤 했다. 쟤는 아직도 모르냐, 네가 한번 데리고 가서 보여줘라, 형이 가라, 네가 가라, 불쌍하다 등등. 그리고 엄마에게 혼이 나 울고 있는 내게 다가와 지금이 기회라고, 친엄마를 찾아가라고, 저 엄마는 네 친엄마가 아니기 때문에 이렇게 널 혼내는 거라고 위로가 되지 않는 말로 날 달래주곤 했다.

엄마를 따라 시장에 갈 때마다 나도 모르게 새우젓을 팔고 있는 아줌마를 유심히 살펴봤다. 나와 닮은 구석이 있는지, 나를 바라보는 눈빛이 좀 다른지. 그렇게 몇 번 시장에 따라가 아줌마를 관찰하던 어느 날, 엄마 손을 놓고 새우젓 장사 아주머니 앞에 서서 펑펑 울며 물었다.

"아줌마가 진짜 우리 친엄마예요? 나 진짜 아줌마 딸이에요?"

놀라서 어쩔 줄 모르는 새우젓 아줌마와 우는 나를 달래는 엄마 사이에서 나는 혼란스러웠다. 어느 쪽이 내 친엄마인 것인가. 당황한 사람과 황당한 사람 중에서 내 진짜 엄마를 찾아내야 했다.

내 주위로 몰려든 사람들에게 엄마가 자초지종을 설명하고 새우젓 장사 아줌마가 내 친엄마가 아니라는 사실을 확인받고 돌아온 날, 나는 당당하게 짱구박사에게 이야기했다.

"삼촌, 새우젓 장사 아줌마 우리 엄마 아니래. 오늘 내가 물어보고 왔어!"

삼촌은 눈 하나 깜빡 안 하고 내 말이 끝나기가 무섭게 바로 받아쳤다.

"아, 내가 얘기 안 했나? 너희 친엄마 공덕 시장으로 이사 갔대."

#다리 밑에서 주워 온 아이
#진실을 알기까지
#참으로 오래 걸린 시간

솜사탕 나무

—
열 살 차이밖에 나지 않는 막냇삼촌은 비교적 만만한 나의 놀이 상대였다.

늘 바빴던 고모나 다른 삼촌들과 달리 학생이었던 막냇삼촌은 그래도 집에서 얼굴을 자주 볼 수 있는 사람이었다. 까까머리 학생이었던 삼촌이 등교 준비로 바쁜 아침, 삼촌의 친구들이 하나둘씩 삼촌의 이름을 부르며 대문을 넘어설 때 부엌으로 달려가 손수건으로 단단히 감싼 삼촌의 도시락을 건네며 오늘은 언제 오나, 제발 빨리 와라, 나랑 놀아줘야 한다 등등 잔소리를 늘어놨지만 삼촌은 늘 "일찍 올게"라는

우리들만의 널따란 골목 놀이터

말만 습관적으로 내뱉을 뿐 막상 학교에서 돌아오기가 무섭게 마루에 가방을 팽개치고 친구들과 놀러 나가기 바빴다.

심심해서 하루 종일 삼촌만 기다렸던 나는 그런 삼촌이 얄미워 은색 버클이 달린 녹색 책가방을 열어 연필심을 부러트려놓거나 교과서를 접어두거나 공책에 낙서를 하는 등의 소심한 복수를 하곤 했다. 그래도 삼촌은 내가 엄마에게 혼이 날 땐 등에 들쳐 업고 골목 끝까지 도망가주고, 매로 쓰이던 라일락 나뭇가지를 엄마 몰래 종종 부러트려주기도 하고, 가끔씩 신기하고 맛있는 간식거리를 챙겨주는, 내겐 히어로 같은 사람이었다. 그런 삼촌이 어느 날 마루 끝에 앉아 솜사탕을 먹고 있는 내게 이상한 말을 하고 사라졌다.

"야, 그거 다 먹고 마당에 심어봐. 그럼 솜사탕 열린다."

부엌에 수도를 놓기 전, 삼촌은 마당에 있는 펌프에서 물을 길어 부엌의 큰 항아리에 채워놓는 일을 도맡아 했는데 펌프질을 할 땐 마중물을 넣고 시작해야 물이 잘 나온다는 사실을 가르쳐주었다. 네모난 플라스틱 안에 이리저리 매달려 있던 조립식 장난감도 하루면 뚝딱 조립했고, 그것들을 모아 스티로폼에 붙이고 색깔을 칠해 멋진 전투 장면을 만들어내기도 했다. 공부도 잘해 학교에서 받아오는 상장도 꽤 많았고, 내가 묻는 온갖 질문도 한 방에 해결해주는 척척박사 같은 사람이었다. 그런 삼촌이 '솜사탕이 열리는 나무'라 하니 나는 조금의 의심도 없이 분홍색 설탕 덩어리가 묻어 있는 반쪽짜리 나무젓가락을 라일락 나무 옆에 꽂아두고 물을 주기 시작했다.

매일매일 정성스럽게 물을 주었지만 솜사탕이 열리기는커녕 남아 있는 설탕 덩어리들만 딱딱하게 굳어가고 있을 무렵, 삼촌에게 도대체 솜사탕은 언제 열리는 거냐고 물어봤다.

"한참 걸리지. 근데 너 혹시 그냥 물 준 거야? 솜사탕은 뭐로 만들어? 설탕으로 만들지? 그런데 그냥 물을 주면 되냐? 설탕물을 줘야지."

삼촌은 한 치의 망설임도 없이 그렇게 대답했다.

"아, 그렇구나, 설탕물⋯⋯."

그럴싸한 삼촌의 말에 나는 엄마 몰래 부엌에서 설탕 한 줌을 집어와 설탕물을 만들어 나무젓가락에 뿌려줬다. 그리고 뒷집에 사는, 나와 이름이 같은 강지은에게 이 비밀 이야기를 털어놓았다.

"야, 강지은. 이건 정말 비밀인데 특별히 너한테만 알려줄게. 우리 집에 솜사탕 나무 있어. 아마 조금 있으면 열릴 건데, 다 열리면 너도 좀 나눠줄게!"

강지은은 못 믿겠다는 듯 우리 집 마당에 심어져 있는 솜사탕 나무를 확인하러 왔고, 앙상한 나무젓가락을 한참 바라보다가 돌아갔다. 그리고 머지않아 나는 친구들에게 놀림을 당하기 시작했다.

"얼레리꼴레리, 지은이는 바보래요, 멍청이래요, 거짓말쟁이래요."

배신자 강지은이 우리 둘만의 비밀을 친구들에게 발설한 것이었다. 거짓말쟁이라고 놀리는 친구들에게 하루라도 빨리 솜사탕 나무를 보여주기 위해 나는 평소보다 더 많은 설탕을 녹여 젓가락에 부어주었다. 그 무렵 가끔 마당에 몽글몽글한 파스텔 톤의 솜사탕 나무가 잔뜩 열려 있는 꿈을 꾸기도 했지만 솜사탕은 결국, 마침내, 끝내 열리지 않았다.

더러워진 나무젓가락을 뽑아들고 원망 섞인 눈빛으로 노려보던 내게 삼촌은 "내일이면 진짜 솜사탕이 열릴 텐데 네가 뽑아서 다 망쳤다"며 참을성 없는 나를 탓했다. 망할 삼촌. 그 후로 나는 더 이상 삼촌에게 도시락을 건네주는 일을 하지 않았다. 삼촌이 학교에서 돌아와 마루에 가방을 던져놓으면 보란 듯이 밟고 뛰었다. 삼촌 친구들이 건네는 자두맛 알사탕과 만화 껌도 거부하고, 한동안 삼촌 말에는 대꾸도 하지 않았다.

거짓말쟁이, 사기꾼에 못생기기까지 한 막냇삼촌과는 더 이상 대화를 나눌 수가 없었다. 생각이 있다면, 센스가 있었다면, 공감 능력이 있었다면, 배려가 있었다면 내가 잠들어 있는 사이 솜사탕을 하나 사서 슬쩍 꼽아둘 수도 있었을 것이다. 그랬다면 나는 지금과는 다른 삶을 살게 되었을지도 모른다. 아니, 확실하다.

여자 친구를 만나러 가는지 촌스럽게 잔뜩 멋을 부린 삼촌이 마루에 앉아 핫도그를 먹고 있는 내게 나지막이 한마디 던졌다.

"야, 그거 다 먹고 마당에 심어봐. 그럼 핫도그 열린다."

"야, 이 못생긴 둘리 같은 놈아!"

나는 울부짖으며 삼촌에게 달려들었지만 삼촌은 얄밉게 혓바닥을 날름거리며 유유히 대문 밖으로 사라져버렸다. 아마도 그날이 내가 처음으로 마음속에 욕이란 걸 담아본 날이었을 거다.

#못생긴 막냇삼촌
#동심 파괴범
#최소 구속감
#콩 심은 데 콩 나면
#솜사탕 심은 데 솜사탕 나야지

비 오는 날

나는 어릴 때나 지금이나 비 오는 날을 좋아한다.

한옥 집 마당은 하늘을 향해 뚫려 있어서 비가 오면 비를, 눈이 내리면 눈을, 해가 내리쬐면 해를 그 네모난 시멘트 바닥에 온통 받아내는데 나는 비가 내리는 날 마루 끝에 누워 기와 처마에 매달렸다가 바닥에 떨어져 내리는 빗방울을 세는 일이 좋았다.

처마 끝 가장 많은 빗방울이 떨어지던 곳에는 물웅덩이가 생기고, 그 물웅덩이에 떨어진 빗물은 왕관 모양으로 퍼져 삼순이 집 입구를 적시곤 했다. 빗방울이 장독대 항아리에 부딪히는 소리, 나뭇잎에 떨어져 나는 소리, 수돗가에 놓인 세숫대야에 떨어지는 소리, 밥풀이 아직 남아 있는 삼순이 밥그릇에 떨어지는 소리, 마당 한쪽에 놓인 나지막한 나무 의자에 튀는 소리……. 그런 것들을 바라보고 그것들이 내는 소리를 듣는 것이 좋았다.

그렇게 모든 신경을 빗속에 집중한 채 밟으면 물이 새어 나올 듯 습해진 마룻바닥을 이리저리 뒹굴거리며 차가워진 피부를 마루에 붙였다가 떼었다가를 반복하고 있으면 주방에서 날카로운 쇳소리 같은 것이 들려왔다.

곤로에 불을 붙이기 전 심지 정리하는 소리. 이내 석유 냄새가 번지고 기름 연기가 피어오르면 부침개 부치는 소리가 들렸다. 타닥타닥 타다닥 타닥, 빗소리와 비슷한 전 굽는 소리가 나면 매캐한 비 내음 속에 짭조름한 부침개 냄새가 풍겨왔다.

어떤 날은 새콤한 김치가 씹히는 김치 부침개가, 어떤 날은 부추가 가득 썰린 부추 부침개가, 또 어떤 날은 별다른 주재료가 보이지 않는 수제비가 마루에 올려졌다. 끼니때마다 식사하시라고 그렇게 여러 번 불러도 나오지 않던 식구들이 비 오는 날에는 기가 막히게 빨리 모여들었다.

엄마가 갓 부쳐낸 부침개는 주방에서 나르기가 무섭게 순식간에 사라졌고 배가 든든해진 식구들은 하나둘씩 본인의 자리로 돌아갔다. 마치 집 어딘가의 일부로 흡수되어버리는 것처럼.

엄마가 자리에 앉아 먹는 마지막 부침개는 늘 하얗거나 빨간, 내용물 없이 색만 남아 있는 밀가루 부침개였다. 그마저도 내 입에, 동생 입에 넣어주며 당신은 얼마 드시지도 않았다. 기름 냄새를 너무 맡아 이미 배가 부르다며.

#비 오는 날 최고의 간식
#하지만
#엄마는 드시질 않았어
#엄마는 부침개가 싫다고 하셨어
#엄마는 부침개가 싫다고 하셨어
#야이야이야

말 아 저 씨

—

익숙한 동요가 메들리로 들리기 시작했다.

혹시나 싶어 대문을 박차고 나가보니 역시나 저 멀리 말 아저씨가 리어카를 끌고 우물가 삼거리를 지나고 계셨다.
"50원만!"
말 아저씨를 확인한 아이들은 잽싸게 집으로 돌아가 엄마를 들들 볶기 시작했다. 그러나 고작 말 한마디로 말 한 마리를 획득하기는 하늘의 별따기.
그간 했던 심부름, 앞으로 할 심부름들을 들먹이고 말을 타고 난 이후 달라져 있을 나의 마음가짐과 좋아질 남매간의 우애 같은 다짐들을 나열하며 엄마의 치맛자락 안에서 빙글빙글 맴돌아야 겨우 50원을 획득할 수 있었다.

우리 엄마는 진짜 딱 '50원'만 주셨다. 나와 동생은 두 명, 말 한 마리는 50원. 그러면 100원을 줘야 마땅한데 엄마는 달랑 50원만 쥐어주며 "나눠 타!"라고 하셨다. 중간에 누군가 내려야 하는 황당한 상황이 생긴다는 뜻이었지만 동생은 개의치 않고 엄마에게 돈을 받아 잽싸게 달려갔다.

말 아저씨 앞에 선 나와 동생, 지선이와 지원이 자매, 상우와 동생 선영이 모두 울상이었다. 50원으로 나눠 타는 우리 남매를 보고 그 집 엄마들도 50원씩만 주기 시작한 것이었다.

내 동생, 지선이 동생 지원이, 상우 동생 선영이는 아저씨 앞에서 양팔을 벌리고 섰다(딱히 양보한 적도 없는데 동생들은 늘 자기들 먼저 말에 올라탔다). 아저씨는 동생들의 옆구리에 양손을 끼우고 가볍게 들어 리어카 위 장난감 말에 앉혀주셨다. 끼익끼익, 녹슨 스프링 소리와 함께 말이 달리기 시작하면 용돈을 받아들고 나온 아이들이 하나씩 빈 말을 채웠다.

아이들은 마치 서부 영화의 주인공이라도 된 것처럼 신나게 달렸다. 제자리에서 콩콩 튀는 것이 전부였지만 "이랴"

소리를 내며 머리를 흔들고 스프링에 튕겨져 오르는 리듬을 온몸으로 느꼈다.

동생은 가끔씩 나와 눈을 맞추며 혀를 날름거렸다. 팔짱을 낀 채로 녀석을 노려보고 있다가 아저씨에게 아직 시간 안 됐냐고 재촉을 하면 아저씨는 녀석의 겨드랑이에 다시 손을 집어넣어 순식간에 동생을 땅바닥으로 끌어내주셨다. 녀석은 스프링 말의 여운이 남은 듯 바닥을 통통 튀며 꼴 보기 싫게 뛰어다녔다.

얼마 남지 않은 시간, 나는 동생이 반 이상 써버린 시간을 보상받고야 말겠다는 강력한 의지로 말을 타고 달렸다. 녹슨 용수철 소리가 서부 영화에 곧잘 등장하는 스프링 달린 작은 나무문을 여는 소리처럼 느껴졌다. 말안장에 엉덩이가 떨어지며 털썩털썩 소리가 날 때마다 초록색 비닐이 쳐진 리어카 천장에 머리가 닿을 듯했다.

나는 눈을 감고 멀리 펼쳐진 사막 도시 위를 달렸다. 마른바람이 텅 빈 거리에 회오리를 일으키고 동그랗게 말린 건초더미들이 무심하게 굴러갔다.

탕탕, 어디선가 총소리가 들렸다. 이름 모를 총잡이가 우리 도시를 점령하러 왔나?

'타앙, 탕탕.'

다시 한 번 총소리가 들려왔다. 그리고 곧 익숙한 목소리가 내 귓가에 맴돌았다.

"시간 다 됐다. 그만 내려라."

#단돈 50원
#승마 체험
#우리는 기마민족
#탕탕 총소리는
#하차 시간을 알리는 아저씨의 신호

못 찾겠다, 꾀꼬리

—

내 짝꿍 상우는 늘 술래였다.

워낙 달리기가 느려서 술래인 상우가 빤히 보이는 곳에
숨어 있다가 들켜도 녀석보다 먼저 달려가 술래의 집을 찍
으면 되니 술래는 늘 느림보 상우의 차지였다. 그래도 그 큰
눈을 끔뻑거리며 불평 한마디 하지 않고 열심히 달리던 상
우가 어느 날 술래잡기 도중 사라졌다.

동네 아이들이 워낙 많은 데다가 엄마가 부르면 간다는
말도 없이 사라지는 일이 다반사였기 때문에 그날도 상우가
엄마의 부름에 먼저 집에 간 줄만 알았다. "상우야, 밥 먹자"

는 부름이 "상우야, 상우야" 다급한 외침으로 바뀌기 시작하자 동네 친구들과 어른들이 하나둘 골목길을 다시 채웠다.

"우리 상우 본 사람 없니?"

상우 엄마는 나를 비롯한 친구들을 붙들고 금방이라도 눈물을 떨어트릴 것 같은 얼굴로 물어보셨다. 골목은 금세 상우를 부르는 외침으로 가득 찼다.

상우의 얼굴이 전봇대 뒤에서 나왔다가 찬수네 집 대문 뒤에서 보였다가 삼거리 우물 뒤에서 사라졌다. 어딘가에 꼭꼭 숨어 있던 상우가 갑자기 뛰쳐나올 것만 같아 나는 "못 찾겠다, 꾀꼬리!"를 외치며 골목 구석구석을 샅샅이 살폈다.

골목 어귀에 짙고 검은 그림자들이 가득 찰 동안에도 상우는 나타나지 않았다. 더 많은 친구들과 어른들이 녀석의 이름을 불렀지만 상우는 단단히 결심한 듯 끝내 모습을 보이지 않았다.

정은이의 손을 꼭 잡고 상우를 부르던 외침이 짜증에서 걱정, 두려움으로 번져가고 있을 무렵, 저 멀리서 정은이 아빠의 목소리가 들렸다.

"찾았다!"

인쇄소 골목의 캐비닛 앞. 그날따라 무슨 모험심이 동했는지 상우는 우리의 주 무대였던 골목을 벗어나 인쇄소 골목의 캐비닛 안에 숨어 있다가 깜빡 잠이 든 것이었다.

그 모습을 본 상우 엄마는 녀석의 등짝을 사정없이 내리치셨다. 자다가 깬 상우는 영문도 모른 채 눈물을 뚝뚝 흘리며 엄마 손에 끌려갔다. 나와 친구들은 상우의 등짝을 애도하며 차라리 찾지 못하는 게 나을 뻔했다고 웃었지만 속으로는 상우의 얼굴을 다시 볼 수 있어 정말 다행이라고 안심하며 두 눈에 가득 고인 눈물을 닦아냈다.

다음 날 상우가 골목에 나타났다. 엄마에게 맞으며 끌려갔던 굴욕은 싹 다 잊은 채 어제 자신의 무용담을 자랑스레 늘어놓았지만, 녀석이 떠들거나 말거나 느림보 상우는 다시 우리의 술래가 되었다.

동네 어른들 몇 명은 인쇄소 캐비닛 문을 잠그고 버려진 장롱과 덩치 큰 쓰레기 등 골목 곳곳에 놓여 있던 다소 위험해 보이는 것들을 깨끗이 정리해주셨다.

우리의 골목 놀이터. 그곳엔 "시끄럽다", "놀지 마라" 하고 으름장을 놓는 무서운 어른들도 계셨지만, 우리가 마음껏 뛰어놀 수 있도록 든든하게 지켜주시던 수많은 진짜 어른들도 함께 살고 있었다.

"꼭꼭 숨어라, 머리카락 보일라."
"다 숨었니?"
"이제 찾는다!"

#술래잡기
#잠들지 마
#엄마가 부르면 말도 없이 사라지기
#술래도 예외 없음

우리들만의 널따란 골목 놀이터

박카스

식구가 많아서 그런지 우리 집에는 늘 손님이 끊이질 않았다.

그중에는 종합선물세트나 케이크, 빵 등을 사들고 와서 우리에게 환영받는 손님이 있는가 하면, 술이나 커피, 생선이나 과일 등을 사오는 달갑지 않은 손님도 있었다. 환영받지 못하는 선물 중 특히 노란색 약물, 박카스를 사오는 분들이 어느 날인가부터 부쩍 늘었는데 엄마는 그 작은 갈색 병들을 부엌 찬장에 한 줄로 늘어트려 전시하기를 좋아했다.
엄마는 아이들이 먹으면 큰일이 나는 커피와 술 같은 카테고리에 박카스를 함께 묶어놓았다. 그리고 동생과 나에게 신신당부를 했다. 박카스를 먹으면 큰일 난다고. 어떤 큰일이 나는지 꼬치꼬치 캐묻는 내게 엄마는 자세한 대답을 해 주기보다는 정말 큰일을 만들어낼 것 같은 무서운 눈으로 쏘아보았기 때문에 나는 더 이상 궁금해하지 않기로 했다.

그러던 어느 날 이 노란 약물을, 아이들이 먹으면 큰일이 난다는 박카스를 슬쩍 맛보고야 말았다. 평소 박카스를 즐겨 먹던 둘째 이모가 뚜껑에 조금 덜어준 것이었다. 뚜껑 테두리를 말아 손잡이로 만들고 신비의 약물을 애지중지 아껴 마셨다. 늘 원샷에 끝내버리고 내 것을 탐하는 동생 녀석에게 빼앗기지 않기 위해 뭐든 한입에 털어 넣는 경우가 많았지만 이 귀한 걸 한 번에 삼켜버릴 수는 없었다. 나는 이쑤시개로 한 방울씩 찍어 쪽쪽 빨아 먹으며 내 나름의 '피로'를 풀었다.

박카스를 먹는 어른들 옆을 알짱거리다가 뚜껑에 한 잔씩 얻어먹고, 손님들이 다 마신 병을 엄마가 치우기 전에 잽싸게 입안에 털어 넣어 몇 방울씩 맛보던 불쌍한 그 시절, 하루는 엄마의 손님이 밖에서 노는 우리 남매를 발견하고는 용돈을 주고 가셨다. 아무도 본 사람은 없었다.

동생은 논두렁 밭두렁을 사 먹자고, 보름달 빵을 사 먹자고, 말 아저씨가 오기를 기다리자고 했다. 그 순간, 내 뇌리를 반짝하고 스쳐 지나간 것은 바로 박카스였다.

"우리 박카스 사 먹자."

동생은 존경의 눈빛으로 나를 바라봤다. 곧바로 우린 동네 삼거리 약국으로 뛰어갔다. 가위바위보로 사올 사람을 정하고, 엄마 심부름이라고 누가 묻지도 않은 제 발 저린 멘트를 날려가며 박카스를 한 병 사들고 골목길에 쪼그려 앉았다. 그리고 뚜껑을 따서 잔을 만들고 나 한 입, 동생 한 입 사이좋게 나눠 마셨다.

처음 한 잔을 마셨을 때에는 달콤한 맛만 느껴졌는데 여러 번 먹다 보니 알싸하고 아릿한 맛도 느껴졌다. 동생과 아무에게도 말하지 않기로 찰떡같이 약속을 하고 다 먹은 박카스 병을 라일락 나무 밑에 묻었다. 그런데 그날 저녁, 동생이 열이 나기 시작했다.

녀석은 불안한지 계속 박카스 때문인 것 같다고 엄마한테 말하자고 했지만 나는 그럴 리가 없다고, 아이들이 먹으면 큰일 난다는 것은 어른들이 그냥 겁을 주기 위해 하는 말이라고 동생을 안심시켰다. 그러나 나도 확신은 없었다. 겁이 났다. 비교적 어른인 막냇삼촌과 의논해야 했다.

삼촌은 내 이야기가 끝나기 무섭게 엄마에게 쪼르르 달려가 일러바쳤다.

"형수, 얘네 박카스 사 먹었대요."

엄마는 동생이 아픈 게 나 때문이라고 눈물이 쏙 빠지게 혼을 내셨다. 덩달아 용돈 받은 사실을 말하지 않은 죄, 아이들이 마시면 큰일이 나는 박카스를 몰래 사 먹은 죄, 동생을 시켜 박카스를 사게 한 죄, 엄마를 속인 죄 등등을 물어 동생이 다 나을 때까지 벌을 주셨다.

동생은 박카스 때문이 아니라 감기 몸살을 앓았던 것이라는 사실을 알게 된 날, 나는 막냇삼촌을 어른들 목록에서 삭제시켰다.

#약은 약사에게
#상담은 진짜 어른에게
#조카 일러바치는
#못난 삼촌
#기적의 노란 물
#뚜껑에 조금씩 덜어 먹어야 제맛
#마지막 한 방울도 아까워

우리들만의 널따란 골목 놀이터

그림 떡볶이

―

우물가 삼거리 옆에는 떡볶이를 파는 작은 포장마차가
있었다.

10원에 떡볶이 한 개. 떡볶이 판과 어묵 꼬치가 가득 담
긴 냄비 사이에 놓인 대접 안에 돈을 넣고 그 옆 이쑤시개를
하나 빼들어 낸 금액만큼 찍어 먹으면 되었다.

많이씩 사 먹는 어른들에게는 하얀 점이 알록달록 박힌
넓적한 초록 접시에 덜어주기도 했지만, 우리 같은 아이들
은 그릇 대신 이쑤시개로 원하는 만큼 찍어 먹어야 했다.

나는 용돈이 생기는 날에는 곧장 포장마차로 달려갔다.

그래 봐야 포장마차 리어카 끝에 매달려 할머니의 눈치를 봐가며 떡볶이 다섯 개를 찍어 먹는 것이 전부였지만 그 달콤하고 매콤한 맛이 입안과 머릿속에서 떠나질 않았다.

돈만 생겼다 하면 하루가 멀다 하고 떡볶이를 사 먹으러 달려가고, 그 덕에 배가 불러 밥을 고사하는 날이 점점 늘어나자 급기야 엄마는 떡볶이 금지령을 내리셨다. 그 뒤로 손님들이 용돈을 주시면 엄마가 보는 앞에서 빨간 돼지저금통에 몽땅 넣어야 했다. 삼거리를 지나칠 때마다 풍겨오는 떡볶이 냄새에 식욕이 미친 듯이 동했지만 내가 아닌 돼지저금통의 배만 점점 불러왔다.

한번은 마루에 누워 먹고 싶은 떡볶이를 머릿속으로 그리다가 스케치북에 옮겨 담았다. 이쑤시개에 하나씩 찍어 먹는 감질나는 낱개 떡볶이가 아니라 그릇에 넘칠 듯 수북이 담긴 떡볶이 한 접시. 나는 그걸 접어 주머니에 넣고 다니며 어느 때건 떡볶이가 먹고 싶어지면 펼쳐서 눈으로 떡볶이를 먹었다.

하도 접고 펴기를 반복해서 지워진 떡볶이 부분은 다시 칠하기를 수십 번. 너무 많이 먹어 매운맛을 느끼는 지경에 다다른 어느 날, 떡볶이 옆에 물 한 잔을 그려 넣고 있는데 놀러 온 이모가 그 모습을 보고는 내 손을 이끌고 나갔다. 그리고 얼마 하지도 않는 떡볶이를 눈으로만 먹고 있는 내가 불쌍했는지 이모는 떡볶이를 한 접시 가득 시켜주었다.

내 앞에 떡볶이가, 그것도 내가 그린 것만큼 수북이 담겨 있는 모습이 비현실적으로 느껴졌다. 그래서였을까? 이전에 먹었던 그 맛있는 떡볶이 맛이 아니었다. 할머니의 눈치를 봐가며 조금 더 큰 것으로 고르고 골라 하나씩 이쑤시개로 찍어 먹던 그 짜릿한 맛이 아니었다. 내 그림 속 떡볶이보다도 맛이 없게 느껴졌다.

그날 그렇게 배가 터지도록 떡볶이를 먹은 이후로 나의 떡볶이 타령은 끝이 났지만 너덜너덜해진, 세상에서 제일 맛있는 그림 떡볶이는 여전히 내 주머니 속에 들어 있었다.

#하나씩 찍어 먹어야 제맛
#세월이 흘러도 최고의 간식
#떡볶이 귀신
#내 인생 최초의 포장마차

개 미 집

—

이곳저곳 갈라진 시멘트 마당 사이로 늘 기다란 잡초들
과 이름 모를 꽃들이 피어났다.

작은 민들레와 네잎클로버도 있었고 나무에서 떨어진
징그러운 송충이도, 비 냄새를 맡은 지렁이도 가끔씩 출몰
했다. 나는 자주 그 마당에 엎드려 개미들이 줄지어 가는 모
습을 지켜보았다.

자신의 몸보다 훨씬 큰 먹잇감을 위태롭게 옮기는 모습
이 신기해 일부러 과자 부스러기나 빵가루를 떨어트려 개미
들을 모으고 나뭇가지와 물, 돌 같은 것들로 장애물을 만들

어 그것을 극복해가는 녀석들의 움직임을 관찰했다. 개미들의 최종 목적지는 마당 한편에 자리한 라일락 나무 밑, 자세히 보지 않으면 알아채지도 못할 만큼 작은 틈새였다.

까맣게 줄지어 가는 개미들을 지켜보다 보면 나까지 덩달아 작아져 라일락 나무 뿌리 사이사이 비좁게 난 개미굴을 따라 들어갈 수 있었다. 라일락 꽃잎으로 치장된 아름다운 방 안에서 멋진 왕관을 쓰고 있는 여왕개미도 만나고, 훈련을 받느라 분주한 일개미 군단들도 만났다. 새우깡 부스러기와 보름달 빵가루가 가득한 창고를 지나 엄지손톱만 한 작은 방에서 사이좋게 맛동산 땅콩 조각으로 식사를 하는 개미 가족들도 만났다.

친절한 개미 아주머니의 초대로 작은 돌조각 의자에 앉아 과자 부스러기를 입에 넣으려는 순간, 얼굴을 덮치는 차가운 촉감에 눈이 떠졌다. 강아지 삼순이가 마당에 드러누워 깜빡 잠이 든 내 얼굴을 핥고 있었다.

#마당 놀이터
#혼자 놀기의 진수
#잠들면 안 돼
#개미는 내 친구

빨간 휴지 줄까,
파란 휴지 줄까

—

라일락 나무 뒤 작은 담벼락을 끼고 마당을 돌면 나오는
재래식 화장실. 낮에도, 밤에도 우리 집에서 제일 어둡
고 무서운 곳.

선생님께 상으로 색종이를 받은 아이가 재래식 화장실
에 빠져 죽어 귀신이 되어 떠도는데, 어떤 색깔의 종이를 선
택하느냐에 따라 죽는 방법이 달라진다는 무서운 이야기를
못생긴 막냇삼촌이 화장실 가는 나를 붙들고 굳이 친절하게
전해주었다. 삼촌은 빨간 휴지를 선택하면 불에 타서 죽고,
파란 휴지를 선택하면 목이 졸려 죽는다고 했는데 친구들에

우리들만의 널따란 골목 놀이터

따라, 동네에 따라 소문은 천차만별이었다.

어쨌거나 무슨 색을 선택하든 죽게 되는 귀신의 물음. 화장실 갈 때마다 그 무서운 색종이 귀신이 떠오르지만 죽음의 방식은 기꺼이 본인이 선택하게 해주는 호의적인 색종이 귀신에게 답할 기가 막힌 정답을 찾아낸 날, 나는 당당하게 화장실로 향했다.

"빨간 휴지 줄까, 파란 휴지 줄까?"

"저 쉬하러 왔는데요!"

#재래식 화장실
#원색의 휴지색
#아직도 넘나 무서운 것
#휴지는
#흰색이 진리

뽑기

—

학교 앞 빛바랜 무지갯빛 파라솔 그늘 아래에서는 우리
들만의 파라다이스가 펼쳐졌다.

학교 수업이 끝나면 너나없이 삼삼오오 모여 50원짜리
행복에 빠져들 준비를 하고 뽑기 할아버지에게 달려갔다.
별, 눈사람, 하트, 나무 등 각자 고른 모양으로 할아버지가
동그란 뽑기를 만들어주시면 담벼락 밑에 옹기종기 앉아 조
심조심 그 모양 그대로 뽑아내느라 고심을 했다. 무사히 하
나를 성공하면 할아버지가 무작위로 고른 반쪽짜리 뽑기를
하나 더 주셨는데 또다시 뽑지 못해도 온 손, 그리고 입안

우리들만의 널따란 골목 놀이터

전체가 달콤함으로 가득 채워져 그다지 아쉬울 건 없었다.

손가락에 침을 잔뜩 묻히고 조금씩 녹여서 떼어내는 방법, 이름표에 달려 있는 옷핀으로 살살 긁어가며 뽑는 방법, 떨어진 조각에 침을 묻혀 다시 붙이는 방법, 곡선 부위와 모서리 부분 등 각자 자신 있는 부위를 나눠서 뽑는 2인 1조 방법 등등 많은 뽑기 기술이 있었지만 할아버지는 완성된 뽑기만 보시고도 반칙을 썼는지, 안 썼는지를 단박에 구별해내셨다.

뽑기에 영 재능이 없던 나는 직접 만들어 먹는 뽑기를 더 좋아했다. 할아버지 작업대 옆에 놓인 연탄화로 앞에 쭈그리고 앉아 50원을 내밀고 찰랑찰랑 물이 가득 차 있는 분유 깡통에서 국자를 하나 고르면 할아버지는 숟가락으로 하얀 설탕을 덜어주셨다. 국자의 가장자리부터 나무젓가락으로 슬슬 긁어가며 설탕을 녹이다 갈색빛으로 거의 다 녹으면 할아버지가 젓가락에 살짝 묻힌 황금비율의 소다를 '툭' 하고 털어 넣어주셨는데 이때 얼른 연탄불 가장자리로 옮겨 약한 불에서 마구 휘저어야 적당히 부풀어 오른 연한 캐러멜 색깔의 맛있는 뽑기가 완성되었다.

호호 불어가며 젓가락에 묻혀서 먹는 뽑기 과자. 딱딱해지면 다시 연탄불에 올려 녹여가며 설탕 수염을 만들기도 하고, 싹싹 긁어 먹은 후엔 물을 살짝 부어 남아 있는 설탕을 녹여 알뜰하게 다 마셨다. 우리 반 친구 연수는 이 물에 입술이 데여 흉터가 생기기도 했다.

그날 연수 엄마가 뽑기 할아버지와 싸우는 바람에 우리는 한참 동안이나 뽑기 할아버지를 만날 수 없었다. 연수의 부풀어오른 입술을 보면 안쓰러웠지만 달콤한 간식거리를 두 번 다시 먹을 수 없을지도 모른다는 생각에 연수를, 아니 연수의 엄마를 원망하는 친구들도 많았다.

여하튼 그렇게 설탕 국물까지 깨끗이 비워낸 국자는 처음에 꺼내 들었던 분유 깡통에 다시 넣어두어야 했다. 다음 손님을 위해. 할아버지는 가끔씩 갈색으로 변한 깡통의 물을 갈아주시고, 갈라지거나 부러진 나무젓가락은 새것으로 교체해주셨지만 이렇게 느슨한 위생관념 때문에 학교에서는 뽑기를 불량식품으로 지정하고 사 먹지 말 것을 강요하며 가끔 단속을 돌기도 했다. 덕분에 할아버지는 이곳저곳으로 자리를 옮겨 다니셔야 했다. 그러나 꿀을 찾아가는 꿀벌처럼 우리는 기가 막히게 할아버지의 무지갯빛 파라솔을 찾아내 금세 50원의 행복에 빠져들었다.

#침 묻히면 반칙
#옷핀도 금지
#뒤에도 눈이 달린 할아버지
#안 봐도 다 아심

우리들만의 널따란 골목 놀이터

달 고 나

—

뽑기 할아버지가 어느 날 설탕 대신 하얗고 네모난 덩어
리를 국자에 넣어주셨다.

만드는 방법은 뽑기와 똑같다고 하셨는데 맛은 너무나
달랐다. 설탕보다 끈적거리고 이에 조금 더 달라붙는다고
해야 할까. 설탕보다 훨씬 더 달콤한 맛, 그래서 이름도 '달
고나'였을까?
각설탕보다 큰 포도당 덩어리 달고나는 주로 하얀색이
었지만 가끔 분홍색이나 노란색, 하늘색도 있었다. 운 좋게
색깔 달고나를 얻은 아이는 '행운의 달고나'라며 기뻐하고,

하얀색은 싫다며 색 있는 것으로 바꿔달라고 떼를 쓰는 아이는 할아버지한테 야단을 맞기 일쑤였다.

그러던 어느 날 할아버지가 깨진 달고나 조각을 몇 개 쥐어주셨다. 작은 부스러기를 입안에 넣었더니 별맛 없이 텁텁하기만 했다. 그래도 그냥 먹어야 했다. 부엌에 들어가지 말아야 했다. 국자를 눈에 담지 말았어야 했다.

나는 조용히 달고나 조각을 국자에 넣고 연탄불 위에 올렸다. 달고나가 녹는 속도보다 국자가 타는 속도가 더 빠른 것을 보고 내 입술도 바짝 타들어갔지만 이미 녹기 시작한 달고나는 달콤한 향기를 내뿜으며 내 침샘을 자극하고 있었다. 나는 어느새 나무젓가락으로 달고나를 싹싹 긁어 먹고 물까지 부어 다 마셨다. 덕분에 국자 안은 깨끗해졌지만 바닥은 아무리 닦아도 깨끗해지지가 않았다. 부엌에 있는 각종 세제를 다 동원해봤지만 국자를 처음 상태로 되돌릴 수는 없었다.

엄마가 돌아오시기 전까지 어떻게든 해결해야 했다. 나는 국자를 마당으로 들고 나와 삼순이 집에도 숨겨보고, 라일락 나무 사이에 던져도 보았다. 삼촌 방 책상 서랍에 넣어볼까, 부엌 위 다락방에 던져놓을까 고민하고 있는데 갑자기 대문 열리는 소리가 나는 바람에 나도 몰래 국자를 지붕 위로 던져버렸다.

다행히 문을 열고 들어선 사람은 엄마가 아니었다. 하지만 국자는 이미 지붕 위 어딘가로 날아가버린 후였다.

그날 저녁, 엄마는 없어진 국자를 찾아 부엌 구석구석을 다 뒤졌다. 찬장 문이 열릴 때마다, 그 아래 서랍이 열리고 닫힐 때마다 심장이 두근거렸다. 마루에 앉아 딴청을 피우는 척했지만 내 신경은 온통 국자를 찾는 엄마의 움직임에 꽂혀 있었다.

엄마는 며칠 국자를 찾다 포기하고 자신의 부주의를 탓하며 시장에서 새로운 국자를 사오셨다. 그렇게 나의 달고 나 국자 사건은 완전범죄로 끝났다. 그런 줄로만 알았다. 시간이 한참 흐르고 국자의 행방 따위에 그 누구도 관심 없어졌을 즈음, 장맛비에 지붕 위에 있던 국자가 굴러떨어졌다.

"엄마, 삼촌이……."

놀란 나는 엉겁결에 막냇삼촌을 팔았다. 영문도 모르고 불려 나온 삼촌은 엄마에게 한참이나 꾸중을 들어야 했다. 어린 조카도 안 치는 사고를 친다며 일장 연설을 늘어놓던 엄마가 부엌으로 사라지자 나는 삼촌을 따라 조용히 방으로 들어갔다.

삼촌은 까맣게 타버린 국자를 영원히 삼촌의 것으로 하고 입을 닫는 대신 거래를 제안했다. 손가락 꿀밤 한 대와 앞으로 삼촌이 시키는 심부름 열 개. 내 입장에서는 다소 억울한 감이 있었지만 삼촌의 제안을 기꺼이 받아들이고 먼저 손가락 꿀밤 한 대를 맞기로 했다. 동그랗게 만 가운데 손가락을 입안에 넣고 '하아하아' 입김으로 손톱을 데운 삼촌은 작고 귀엽고 앙증맞고 사랑스러운 내 이마를 거침없이 내리쳤다.

'따악!'

이마가 타들어가는 것 같았다. 전기 충격기도 이보다 아프지는 않았을 것이다. 나는 자꾸 피가 흐르는 것 같은 느낌이 들어 이마를 비벼 손바닥에 피가 묻었는지 확인했다. 그리고 낄낄대며 웃느라 정신없는 삼촌을 뒤로하고 복수를 다짐하며 방을 나섰다. 심부름 열 개를 완수했는지는 기억이 잘 나지 않는다. 아마도 삼촌을 피해 도망 다니다가 걸려 억지로 두어 개를 해준 것이 전부였을 거다.

#네모난 설탕
#너무 달아
#이가 저린 느낌
#집집마다 사라진 국자
#완전범죄를 꿈꾸다

손톱

—

"밤에 손톱 깎지 말아라."

"손톱을 깎을 때에는 신문지나 달력을 넓게 펴고 깎아
야 한다."

"깎은 손톱은 잘 모아서 버려라."

할아버지는 손톱을 깎을 때마다 내가 잘 처리하지 못한
손톱이나 발톱을 들쥐가 주워 먹으면 나로 변신한다는 옛날
이야기를 아주 무서운 목소리로 말씀해주셨다. 그러나 나는
제발 들쥐가 먹어줬으면 하는 바람으로 손톱 조각을 마당
에, 라일락 나무 밑에, 창틀에, 하수구에 슬쩍 흘려놓았다.

학교 가기 싫은 날 나 대신 학교에도 가주고, 나 대신 엄마에게 꾸중도 들어주고, 다방구도 하고 싶고 고무줄도 하고 싶을 때 각각 한 명씩 보내서 전부 다 할 수 있다면!

아, 이 얼마나 매력적인 이야기인가.

#손톱 공양
#들쥐야
#제발 먹어줘
#뜻밖의 분신술

우리들만의 널따란 골목 놀이터

50원짜리 세계 여행

사우디아라비아에 돈 벌러 갔던 셋째 삼촌이 돌아왔다.

엄마는 음식 준비를 하느라 온종일 부엌에서 나오질 않으셨고, 졸지에 셋째 삼촌과 방을 함께 쓰게 된 막냇삼촌은 하루 종일 투덜대느라 나와 놀아주지도 않았다.

나는 삼촌이 사다 준 틴케이스에 담긴 색연필과 망원경이 들어 있는 박스를 품에 안고 마당을 이리저리 뛰어다녔다. 뚜껑을 열면, 박스를 뜯으면 이 행복이 날아갈세라 품에 꼭 끌어안고 내려놓지를 못했다.

장난감 비행기를 선물 받은 남동생도 마찬가지였다. 동

생은 "슈웅", "부아앙" 따위의 정체불명의 소리를 내며 비행기를 들고 마당 구석구석을 누비고 다녔다. 동생이 날리는 비행기 속에 내가 앉아 있는 기분이 들었다. 한 번도 타보지 못한 비행기를 타면 이런 기분이 들까? 구름 속을 둥둥 떠다니는 느낌이었다.

오랜만에 온 가족이 대청마루에 모여 앉아 식사를 했다. 가족들은 삼촌에게 온갖 질문을 쏟아냈다. 비행은 어땠는지, 사우디아라비아의 날씨는 어떤지, 일은 힘들지 않았는지, 그 나라 사람들은 무얼 먹고 사는지 등등의 질문이 저녁상 위를 꽉 채운 각종 반찬들 위로 쉴 새 없이 떠다녔다.

내 귀에는 아무것도 들리지 않았다. 나는 그저 내 선물을 품에 안은 채 동생이 사라지기만을 기다렸다. 녀석 앞에서 선물을 풀어보고 싶지 않았다. 소중한 이 순간을 오직 나 혼자, 오롯이 즐기고 싶었다.

이날따라 느릿느릿, 밥 먹는 속도가 나무늘보 뺨치던 녀석이 드디어 밥그릇을 다 비우고 비행기를 들고 대문 밖으로 뛰쳐나갔다. 대문 옆 골목길에서 한껏 들떠 비행기를 자랑하는 녀석의 목소리가 담을 타고 넘어왔다.

나는 그제야 선물을 들고 방으로 건너왔다. 벽에는 삼촌이 엄마에게 선물한 호랑이 가족이 새겨진 붉은 양탄자가 걸려 있었다.

방구석에 쪼그려 앉은 나는 조심스레 선물을 내려놓고 먼저 색연필 뚜껑을 열어보았다. 예쁘게 깎인 색연필이 가지런히 놓여 있었다. 은은하게 퍼지는 나무 냄새. 꼭지 부분을 돌려서 쓰던 플라스틱 지구 색연필에서는 맡아보지 못한 고급스러운 냄새가 풍겨왔다. 아까워서 이걸 어떻게 쓰나 걱정이 앞섰다. 무엇보다 남동생, 이 아름다운 색연필을 엉망으로 만들어놓을 것이 자명한 동생에게서 반드시 지켜내야겠다고 다짐했다.

그리고 망원경. 박스를 열어 초콜릿 빛이 감도는 망원경을 꺼내보았다. 방문을 열고 마당 건너편 대청마루 쪽을 쳐다봤지만 깜깜하기만 할 뿐 아무것도 보이질 않았다.

울상을 짓고 있는 나를 발견하고 셋째 삼촌이 다가왔다. 삼촌은 박스 안쪽에 따로 들어 있는 종이봉투에서 동그란 필름을 꺼내 망원경 위 얇은 구멍 안에 끼워 넣고 옆에 달려 있는 손잡이를 아래로 '딸깍' 하고 눌렀다. 순간, 망원경 안에 이국적인 풍경이 가득 담겼다.

노란 튤립이 가득한 풍차마을과 커다랗고 하얀 원기둥

을 둘러싸고 절을 하고 있는 사람들, 짐을 잔뜩 싣고 걸어가는 당나귀가 당장이라도 튀어나올 듯 망원경 안을 채우고 있었다. 커다란 눈망울의 아이와 눈이 마주칠 땐 깜짝 놀라 나도 모르게 망원경을 눈에서 떼어내기도 했다. 삼촌은 이것을 '뷰마스터'라고 했다.

영어로 사우디아라비아와 네덜란드라고 씌어 있는 흰 봉투에 동그란 필름이 일곱 장씩 들어 있었다. 카메라 같기도, 망원경 같기도 한 작은 기계 속에서 신세계가 펼쳐졌다. 나는 마루에 누워 매일 사우디아라비아와 네덜란드로 여행을 떠났다.

그 무렵 동네에 시커먼 007가방을 든 아저씨가 등장했다. 아저씨는 약국 옆 골목길에서 가방을 열고 아이들을 유혹했다. 가방 안에는 여러 개의 뷰마스터와 엄청나게 많은 양의 필름이 들어 있었다.

50원에 뷰마스터로 필름 세 장을 볼 수 있는 기회. 추가로 더 보고 싶으면 한 장에 10원. 나처럼 뷰마스터를 가지고 있는 아이들은 필름 값만 내면 세계 여행을 떠날 수 있었다. 필름당 두 번씩만 봐야 하는 짧은 타이밍. 일렬로 늘어선 친구들은 뷰마스터 속에 눈을 빼앗긴 채 감탄사만 연달아 뱉어내는 친구들의 입 모양을 따라 함께 세계 여행을 떠났다.

아저씨와 007가방은 잊을 만하면 다시 나타났다. 그때마다 새로운 필름을 잔뜩 가지고 오셨지만 아이들은 예전만큼 세계 여행에 흥미를 느끼지 않았다. 오로지 나만 아저씨곁에서 이 나라, 저 나라 여행을 떠났다. 어쩌면 그때 나의 DNA 어딘가에 여행에 대한 열망이 심어져 있었는지도 모르겠다.

이제는 뷰마스터 필름보다 여행을 떠나 실제로 본 풍경이 훨씬 많고, 증강현실(AR)의 발달로 굳이 어딘가로 떠나지 않아도 눈앞에 만져질 듯한 풍경이 펼쳐지는 시대에 살게 되었지만 오래된 뷰마스터와 너덜거리는 필름 몇 장은 여전히 내 침대 머리맡에 놓여 있다.

#더 이상 '딸깍' 소리가 나진 않지만
#여전히 내 보물 1호
#뷰마스터

소꿉놀이
할 사람,

여기 여기
붙어라

왕 딱 지

—

'왕거미'는 우리 동네 딱지치기 대장이었다.

이름은 아무리 떠올리려고 애써도 생각나질 않는다. 왜
왕거미로 불리게 되었는지도 기억이 나질 않는다. 그래도
우리 동네 딱지치기 대장은 누가 뭐래도 왕거미였다.

동네 남자아이들보다 조금 큰 몸집에, 말투가 다소 어눌
했던 왕거미는 너덜너덜한 빛바랜 주황색 비닐봉지에 딱지
를 잔뜩 넣고서 동네 아이들의 딱지를 죄다 따먹고 다녔다.

왕거미에게 도전하기 위해 미용실에서 버린 철 지난 여
성잡지의 겉표지를 몇 장 모아 꼭꼭 눌러 접고 시멘트 벽에

다가 문지르고 갈아 단단하게 만들어봤자 왕거미의 왕딱지에 두드려 맞으면 마법에 걸린 듯 한 방에 휙, 가볍게 넘어가기 일쑤였다. <보물섬> 표지로 만든 딱지도, 달력 앞장, 신문지, 사회과부도, 영화 포스터로 만든 딱지도 맥을 못 추고 넘어갔다. 간혹 형들이 개입해 왕거미의 왕딱지가 잠시 다른 집에 있는 경우도 있었지만 그 기간은 그리 길지 않았다. 집 잃은 강아지가 주인을 찾아가듯 왕딱지는 이내 왕거미의 손으로 돌아갔다.

그러던 어느 날 남동생이 왕딱지를 따오는 기적을 일구어냈다. 동생은 마치 나라라도 구한 양 의기양양하게 대문을 박차고 들어오더니 다시는 딱지치기를 하지 않고 왕딱지를 지켜내겠노라 선언했다. 그러나 가만히 있을 왕거미가 아니었다. 날마다 찾아와서는 동생에게 도전장을 내밀었다. 동생은 몇 번 거절하다가 왕딱지를 제외한 딱지들을 들고 나가 죄다 잃고 들어와서도 그다지 분해하지 않았다. 왕딱지는 여전히 그 녀석의 소유였으므로.

왕거미가 다시 동생을 찾아온 날, 대문 밖 그의 목소리가 심상치 않음을 눈치 챘는지 동생은 잽싸게 장독대의 빈 항아리 속에 왕딱지를 숨겨놓았다. 동생이 나타나질 않자

딱지가 가득 찬 주황색 비닐봉지를 들고 왕거미가 우리 집 대문을 넘었다. 약이 잔뜩 오른 얼굴이었다.

"내 딱지 내놔!"

다짜고짜 왕딱지를 내놓으라는 왕거미의 말에 없다, 모른다, 누가 가져갔다, 형한테 뺏겼다 등의 변명으로 돌려막던 동생은 찾을 수 있으면 찾아보라는 말로 왕거미를 자극했다. 어딘가에 숨겨져 있다는 것을 눈치 챈 왕거미는 마당에서부터 부엌, 마루 밑, 장독대 아래 광, 뒷간까지 씩씩거리며 딱지를 찾아다녔다.

나는 흥미진진하게 그 둘의 딱지 찾기 놀이를 관람했다. 평소 얄밉게 굴던 동생에게 복수도 할 겸 장독대에 있다고 힌트를 줄까 고민하는 순간, 왕거미의 발이 장독대 계단으로 옮겨가고 있었다. 다급함을 느낀 동생이 "거기에는 없어!" 하고 소리를 질렀지만 그 말 속에는 곧 '바로 거기'라는 뜻이 담겨져 있다는 것을 그 녀석을 제외한 모두가 알아챘다. 장독대 항아리 사이사이를 훑어보던 왕거미가 첫 번째 항아리를 여는 순간, 동생이 장독대로 뛰어올라가 왕거미를 덮쳤다.

"없다고, 여긴 없어!"

순간 왕거미의 눈이 희번덕거리며 손이 더욱더 빨라졌

다. 마침내 왕딱지가 들어 있는 항아리 뚜껑이 열리자 동생
의 주먹이 왕거미의 등에 내리꽂혔다.

'와장창창창!'

왕거미와 동생이 뒤섞이는 찰나, 항아리 깨지는 소리가
함께 나뒹굴었다.

"엄마, 항아리 깨졌어!"

놀란 나의 외침에 엄마는 그 누구보다 빠르게 장독대로
날아올랐다. 코끝을 찌르는 비릿한 간장 냄새가 바람을 타
고 흘러왔다. 계단 아래로 빨간 국물이 뚝뚝 떨어졌다. 간장
항아리와 더불어 며칠 전 외할머니와 함께 담갔던 고추장
항아리도 깨진 모양이었다.

간장과 고추장으로 온몸이 벌겋고 까매진 왕거미는 화
려한 독거미로 변신하여 부리나케 도망갔다. 엄마에게 뒷덜
미가 잡혀서 내려온 동생은 그날 엄청나게 혼이 났다. 잘못
했다고 두 손이 발이 되도록 싹싹 빌면서도 그다지 주눅 들
지 않았던 건 그 녀석 손에 여전히 왕딱지가 들려 있기 때문
이었는지도 모르겠다.

#딱지의 정석
#달력 종이
#잡지
#영화 포스터
#전화번호부
#딱지치기 할 사람
#여기 여기 붙어라

공 기 놀 이

—

나와 이름이 같은 뒷집 지은이와 앞집 미영이, 아랫집
경선이는 공기놀이 단짝 친구들이었다.

공기놀이는 경선이네 인쇄소 골목을 조금 올라가면 초
록색 철 대문이 굳게 닫힌, 커다란 살구나무가 골목 끝까지
뻗어 있는 할머니 집 앞에서 주로 열렸다. 조막만 한 여자아
이 넷이 모여서 작은 돌멩이 다섯 알을 가지고 노는 게 무에
그리 시끄러웠을까마는, 참빗으로 빗은 듯 머리카락 한 올
삐져나옴 없이 곱게 넘긴 머리를 비녀로 말아 꿰어놓은 날
카로운 인상의 할머니는 늘 우리를 쫓아내느라 바쁘셨다.

"저리 안 가? 왜 여기서들 놀아, 시끄럽게시리!"

할머니가 소리를 지르시며 문을 열고 나타나면 우리는 골목 끝에 자리한 인쇄소 안으로 재빠르게 달려가 숨었다. 그리고 할머니가 사라질 때까지 기다렸다가 살금살금 다시 대문 앞 넓적한 계단 위에 자리를 잡았다.

회색빛 돌 위에 까맣고 하얀 작은 돌들이 점박이처럼 박혀 있는 할머니네 집 앞 계단은 살구나무 그늘에 가려 늘 시원했다. 게다가 골목 끝에 자리하고 있어 그 안에 쏙 들어가 앉으면 골목 밖에서는 우리가 보이질 않았다. 자기들끼리 신나게 놀다가 문득 한 번씩 훼방을 놓아서 흥을 깨트리는 동네 남자아이들을 피할 수 있는 이곳은, 할머니의 잔소리 쯤으로는 포기할 수 없는 최적의 공기놀이 장소였다.

우리는 여느 때와 마찬가지로 50년 내기 공기놀이를 하고 있었다. 꺾기 때마다 터져나오는 환호성을 가까스로 틀어막고 위로 던져올린 공기알을 놓칠 때마다 흘러나오는 탄식을 몸을 배배 꼬며 참고 있는데 할머니의 쉰 목소리가 문 안쪽에서 새어나왔다.

"또 왔어, 또!"

우리는 재빠르게 몸을 날려 인쇄소 안으로 숨어들었다.

급하게 뛰느라 미처 공깃돌을 챙기지 못하고 왔는데 할머니는 그것들을 집어서 멀리 던져버리셨다.

"또 오기만 해, 또!"

무겁고 둔탁한 철문 닫히는 소리가 나고 할머니의 집 현관문 닫히는 소리가 난 뒤 우리는 골목을 쪼그려 걸으며 다시 공깃돌을 모았다. 작고 둥근 돌멩이 다섯 알을 찾는 일은 그다지 어렵지 않아서 우리는 곧장 다시 공기놀이에 열중할 수 있었다.

50년 내기의 고지가 얼마 남지 않아 한창 흥이 오른 나와 지은이는 서로 손을 마주 잡고 미영이가 공깃돌을 놓치기를 바라며 중얼중얼 주문을 외우고 있던 참이었다.

"아이, 차가워."

갑자기 미영이가 소리를 지르며 일어났다. 우리는 검지를 입술에 갖다 대며 미영이를 단속했다. 그런데 미영이가 앉았던 돌계단 위가 점점 짙은 회색으로 변해갔다. 색이 변하기 시작하는 부분 끝에 주황색 바가지가 보이고, 문틈 사이로 할머니의 신발도 보였다.

서 있던 미영이는 할머니와 눈이 마주치자 반사적으로 튀어 인쇄소로 도망갔고 앉아 있던 나와 지은이, 경선이는 꼼짝없이 물벼락을 맞았다. 몸을 적신 물보다 생전 처음 들어보는 할머니의 무서운 말들이 마음에 박혀 꼼짝 못하고 있는데 남은 물기를 털어내던 바가지가 경선이 이마에 맞고 바닥으로 떨어졌다.

물기로 흥건한 바닥에 새빨간 핏방울들이 후드득 떨어져 내렸다. 인쇄소에서 지켜보고 있던 미영이가 경선이 아빠를 데리고 뛰어왔다. 물이 흐르는 줄 알았던 경선이는 놀라서 뛰어오는 아빠를 보자 그제야 이마를 감싸 쥐고 울기 시작했다.

아저씨는 곧장 쌀집으로 뛰어가 쌀집 아저씨의 커다란 자전거를 빌려오셨다. 자전거 뒤에 경선이를 싣고 내리막길을 달려 사라지는 그 짧고도 긴 순간을 지켜보는 내내 우리는 두근거리는 마음을 진정시키지 못해 아무 말도 할 수가 없었다.

시간이 얼마나 흘렀을까. 여전히 인쇄소 골목을 지키고 서 있는데 하얀 붕대를 이마에 붙인 경선이의 모습이 보였다. 그 뒤를 따라오시던 경선이 아빠는 곧장 할머니 집의 초록색 대문을 두드렸다. 초인종이 있었지만 누르지 않으셨다. 몇 번이고 초록색 문을 부서져라 두드리셨다. 마치 그 대문이 경선이 이마에 상처라도 낸 듯이. 문이 쿵쾅거리며 흔들릴 때마다 지켜보던 우리의 심장도 같이 흔들거렸다.

이윽고 문이 열렸다. 기세가 한풀 꺾인 할머니는 아저씨가 뭐라고 하시기도 전에 그간 우리가 얼마나 시끄럽게 놀았는지, 얼마나 떠들어댔는지, 그 덕에 낮잠 한숨 못 잔 할머니의 건강이 얼마나 악화됐는지 쉴 새 없이 말을 늘어놓으셨다. 그저 공기놀이를 했을 뿐인데 우리는 한순간에 할머니의 건강을 해친 예의 없고 버르장머리 없고 싸가지 없는 계집애들이 되어버렸다.

생각보다 이야기가 길어졌다. 우리의 공기놀이로 시작된 이야기는 어느새 인쇄소 기계 소음 문제로까지 번져 있었다. 경선이네 인쇄소는 할머니가 이사 오기 훨씬 전부터 있었다. 우리에게 인쇄기 돌아가는 소리는 항상 그 골목을 채워오던 익숙한 소리였다. 라일락 나무를 흔드는 바람소리였고, 삼순이 목에 달린 방울소리였다. 미안하다고, 실수였다고 사과하면 끝날 일을 할머니는 크게 만들어버렸다. 아저씨의 눈이 우리보다 더 슬퍼 보였다.

난생처음 응급실에 가본 경선이의 병원담을 듣기 시작했을 때 철문 닫히는 소리가 났고, 아저씨는 앞으로 할머니네 집 앞에서 놀지 말라는 당부를 하시곤 다시 인쇄소로 들어가셨다.

우리는 그 사건 이후로 할머니 집 앞에서 공기놀이를 하지 않았다. 다만 그곳에서 우리 집 강아지 삼순이 밥을 먹였고, 긁으면 흰색이 묻어나는 돌로 할머니네 집 담벼락에 그림을 그렸다. 경선이 소식을 들은 동네 개구쟁이들은 일부러 그 골목을 돌아 할머니네 벨을 누르고 도망갔다. 그리고 할머니네 집 살구나무에 살구가 열리기 시작하면 손에 닿는 살구를 몽땅 따 실컷 먹어버렸다.

#소심한 복수
#여자아이들의 최애 놀이
#주로 50년 내기
#동네마다 다른 이름, 다른 룰
#바보 공기
#코끼리 공기
#콩콩이
#오줌 싸기 금지

소꿉놀이 할 사람, 여기 여기 붙어라

종 이 인 형

—
금발 머리 마론인형이 흔하지 않던 시절, 대신 우리에게
는 알록달록 다양한 색의 종이인형이 있었다.

구멍가게의 커다란 비닐 속에서 마음에 드는 옷과 인형
을 골라 가위로 오리고 드라마 <초원의 집>에 나오는 메리
나 로라, <빨강머리 앤>에 나오는 앤과 다이애나 같은 이름
을 지어주면 생명을 얻은 듯 종이인형들이 살아났다. 우리
는 수시로 종이인형 옷을 갈아입히고 파티를 열고 소풍을
가고 쇼핑을 했다. 장소에 맞춘 구두와 모자, 가방과 액세서
리를 달고 잠깐 만났다가 금방 다른 약속을 잡고 또다시 옷

을 갈아입었다. 종이인형 놀이의 8할은 옷 갈아입기였다.

고모가 준 예쁜 틴케이스에 소중한 종이인형을 모아 넣고, 다 먹고 난 쿠키나 사탕 통엔 인형의 장갑, 모자, 목걸이 같은 작은 액세서리를 모아두었다. 혼자서 놀게 될 때에는 인형 옷을 주르르 늘어트려 정리해보고 마음에 들지 않는 머리색을 칠하기도, 또 가위로 잘라 다른 모양으로 만들기도 했다.

뻔한 레퍼토리와 옷 갈아입기의 반복인 종이인형 놀이는 오랫동안 우리의 사랑을 차지하지는 못했지만 현실에서 우리가 이룰 수 없는, 가령 왕자님을 만난다거나 화려한 무도회에 초대를 받거나 비행기를 타고 멀리 여행을 떠난다거나 결혼식을 열고 티파티를 하는 상상 속의 일들을 가능케 하는 마법 같은 시간을 선물해주었다.

가위와 100원짜리 인형 도화지만 있으면 떠날 수 있었던 상상의 세계. 단, 옷이나 가방, 모자 끝에 달려 인형의 몸에 걸칠 수 있게 튀어나온 날개 부분을 자르면 마법이고 뭐고 인형놀이 끝!

#고르는 데 한나절
#오리면서부터 시작되는 놀이
#날개 자르면 끝장

소꿉놀이 할 사람, 여기 여기 붙어라

소꿉놀이

—

늘 밥만 하는 엄마, 아침 일찍 출근했다가 저녁때가 되어서야 들어오는 아빠, 응애응애 말 못하는 아기, 첫째 딸, 둘째 딸, 막내아들, 옆집 사는 이모, 말 많은 삼촌, 강아지, 고양이 등 참여하는 인원에 따라 역할이 끝도 없이 늘어나는 소꿉놀이.

주인공 격인 엄마를 서로 하겠다고 다투는 데 놀이 시간의 절반을 할애했지만 그런 것쯤은 다년간의 소꿉놀이 내공으로 간단히 해결할 수 있었다. 큰엄마, 작은엄마, 첫째 엄마, 둘째 엄마, 친엄마, 새엄마 등등 엄마의 종류는 굉장히 다양했으니까.

엄마가 갓난아이를 포대기로 업고 빨간 벽돌 조각을 갈아 고춧가루를 만들면 첫째 딸은 잡초를 뽑아 김치를 담그고, 둘째 딸은 분꽃 씨를 빻아 밥을 지었다. 이모가 구해온 봉선화 꽃잎을 빻고 삼촌이 집에서 몰래 가져온 소금 한 주먹에 물을 들이면 막내아들은 색색깔의 꽃잎들로 반찬을 만들어 식탁을 차렸다. 강아지와 고양이가 물어온 병뚜껑은 그릇이 되고, 깨진 기왓장 조각은 상이 되고, 강아지풀이나 도토리, 나뭇잎, 흙, 조개껍데기 등 우리 주변의 모든 것들이 소꿉놀이의 훌륭한 재료가 되어주었다.

아빠는 늘 늦은 퇴근으로 엄마에게 욕을 먹기 일쑤고, 엄마가 업고 있는 아기는 계속 울기만 하고, 나머지 식구들은 엄마가 차려주는 밥을 먹고 나면 또다시 밥을 차리기 위해 새로운 재료를 구하러 나가야 했지만 우리는 매일같이 새로운 엄마를 찾고 아빠를 구하고 아이들을 만들어 소꿉놀이에 열중했다.

이따금 경선이 엄마, 아빠의 부부 싸움도, 상우 아빠의 술버릇도, 우리 집 삼촌들의 첫사랑도 팔아야 했던 소꿉놀이 레퍼토리. 덕분에 우리는 평소엔 '여보, 당신'으로 부르다가 싸움이 나면 '야, 너'로 호칭이 바뀐다는 경선이 부모님의 비밀을 알았고, 상우 아빠는 술만 드시면 꼭 밤에 날달걀을 드신다는 사실도 알았다.

사우디아라비아에 돈 벌러 간 삼촌, 고백을 했다가 퇴짜를 맞은 우리 집 삼촌들 이야기나 선물이 끊이지 않는 인기 많은 고모 이야기도 소꿉놀이의 재료가 되었다. 소꿉놀이는 단순한 역할놀이가 아닌 우리가 만들어낸 또 다른 가족의 이야기였다.

내가 바라는 엄마, 아빠가 되고, 갖고 싶던 언니가 생기고, 여동생도 되어주고, 때로는 반려견도 되어주던 다정한 소꿉동무들, 골목길에서만 만날 수 있었던 작은 나의 가족들.

"소꿉놀이 할 사람, 여기 여기 붙어라!"

#자연스레 알게 되는 친구네 가정사
#TMI
#우리들의 첫 스토리텔링
#메소드 연기
#여보 당신
#주인공은 엄마
#최초의 성대모사

소 독 차

—

'부아아아아아앙!'

어디선가 익숙한 소리가 들리면 동네 친구들은 마치 주술에 홀린 듯 하던 일을 모두 멈추고 소리가 들리는 쪽을 향해 달려갔다. 그것이 50년 내기 공기놀이, 마지막 꺾기의 찰나, 손등에 다섯 알이 모두 올라와 있어 낚아채기만 하면 되는 그 순간일지라도!

귀신같이 소리의 근원지를 찾아낸 친구들은 그곳이 설령 지옥의 불구덩이 속이라 하더라도 기꺼이 뛰어들겠다는 불나방의 기세로 맹렬히 소독차를 따라갔다. 그 매캐한 연기를 따라가는 것이 무에 그리 신이 났는지, 우리는 배꼽을 잡고 숨넘어갈 듯 웃으며 하얀 연기를 따라 골목 이곳저곳을 누비고 다녔다.

문제의 그날도 예고 없이 등장한 소독차를 따라 동네 어귀를 내달렸다. 유독 컨디션이 좋았던 나는 소독차 뒤에 매달리기도 하고, 연기가 나오는 입구 바로 앞에서 입을 벌려 용 흉내도 내보고 머리도 감아가며 선두를 유지하고 있었다.

소독차 따라 달리기의 묘미 중 하나는 연기에 가려 바로 옆에 누가 있는지 모른다는 것이었다. 뛰다 보면 출발할 때 옆에 있었던 상우나 미영이가 아닐 수도 있었다. 가끔씩 손으로 연기를 저어가며 주위 친구들 얼굴을 확인하고 생각지도 못한 친구가 옆에 있으면 그게 또 그렇게 웃기고 재미있어 배가 아프게 웃었다. 그런데 어느 순간부터 차 꽁무니에 매달린 친구들의 얼굴이 죄다 낯설었다.

차에서 뛰어내려 천천히 속도를 늦추며 뒤쪽으로 물러났지만 출발할 때 함께 뛰었던 미영이도, 상우도, 지은이, 민우, 지훈이도 보이질 않았다. 나는 그 자리에 얼어붙은 듯 멈춰 서서 연기가 잦아들기를 기다렸다. 소독차 소리가 점점 멀어지고 뿌연 연기가 가라앉자 희미했던 사물들이 점차 또렷해지며 제 모습을 찾아갔다.

낯선 골목, 난생처음 보는 길이었다. 우리 동네 어디서든 보이던 언덕길 끝 교회도, 삼거리 우물도 보이지 않고 조금만 킁킁거리면 느껴지던 라일락 꽃 향기도 나질 않았다. 익숙한 사물들도 낯선 동네에서 마주하니 모두 커다랗게 보였다. 술래집이 되어주던 집 앞 전봇대, 돈까스를 할 때 유용했던 동그란 하수구 맨홀, 골목길 사이사이를 메꾼 듯 네모 반듯하게 놓인 시멘트 쓰레기통들도 유난히 크게 느껴졌다.

집을 찾아 한참을 걷다가 내가 멈추어 선 곳은 땅콩을 파는 리어카 아저씨 곁이었다. 가끔씩 아빠가 퇴근길에 사오시던 방금 볶아낸 따끈한 땅콩. 나는 그것을 자주 '콩땅'이라 바꿔 불렀는데 연탄불에 땅콩을 볶는 고소한 냄새에 끌려 나도 모르게 그 자리에 멈추어 선 것이었다. 어쩌면 아빠가 땅콩을 사오는 곳이 여기일지도 모른다는 생각이 들었다. 마침 버스 정류장도 앞에 있어 여기서 기다리면 퇴근하시는 아빠를 만날 수 있을 것 같았다.

버스에서 내리는 모든 남자 어른들이 아빠로 보였다. 막냇삼촌이 어디선가 "지은아" 부르며 달려올 것만 같았다. 유난히 나를 예뻐하던 둘째 고모도 나를 찾아내 와락 껴안아 줄 것만 같았다. 늘 너희 진짜 엄마는 시장에서 새우젓을 판다고 놀리던 넷째 삼촌 짱구박사마저 보고 싶었다. 참으려고 했지만 자꾸만 터져나오는 눈물을 막아낼 여력이 없었다. 얼마나 소독차에 가까이 붙어서 뛰었는지 얼굴에서는 눈물과 함께 하얀 가루가 툭툭 떨어져 내렸다.

아저씨의 땅콩은 한 봉지도 팔리지 않았고, 나를 찾는 사람은 아무도 없었다. 아저씨는 눈물을 흘리며 서 있는 내게 다가와 작은 플라스틱 의자를 내어주고 땅콩을 한 줌 쥐어주셨다. 너무 늦게까지 날 찾아오는 사람이 없으면 경찰서에 데려다주신다는 말과 함께.

달빛이 환하게 비추던 밤, 땅콩 리어카 옆에서 허연 눈물 자국이 번진 채 아저씨가 사주신 보름달 빵과 우유를 먹고 있을 때 저 멀리 쌀집 아저씨네 배달 자전거를 타고 달려오는 사람의 모습이 보였다.

'아빠다.'

터져나오는 반가움의 눈물과 기쁨의 탄성을 보름달 빵과 우유로 간신히 참아 넘기고 아빠가 자전거에서 내리자마자 아빠의 다리를 끌어안았다. 아빠 냄새. 이제 집으로 돌아갈 수 있다는 안도감. 무척이나 길고 길었던 그날 하루가 머릿속에서 천천히 맴돌았다.

아빠는 땅콩을 여러 봉지 사시며 아저씨에게 몇 번이고 고개 숙여 인사하셨다. 그리고 나를 번쩍 들어 안아 쌀 포대가 차곡차곡 접혀 있는, 넓은 검은색 고무줄이 칭칭 감겨 있는 자전거 뒷자리에 앉혀주셨다.

"아빠, 아빠가 콩땅 사오는 데가 저기야?"

"아니."

아빠는 나를 찾은 만리동 고개를 지나 기찻길이 있던 마포 굴레방 다리까지 달렸다. 그제야 눈에 익은 친근한 풍경들이 스쳐 지나갔다. 공덕 시장, 코끼리 아파트, 적십자 병원, 가든 호텔, 중앙 교회, 인쇄소…… 집에 가야 하는 길을 지나쳐서 아빠는 계속 달렸다. 그리고 경보 극장 앞에 멈춰 섰다.

"여기야."

"뭐가?"

"아빠가 땅콩 사오는 곳."

집으로 돌아가는 길, 아빠는 잔소리나 꾸중 대신 자전거에 나를 매단 채 골목 이곳저곳을 탐험하듯 돌아다니셨다.

이제는 길을 잃어버려도 잘 찾아오란 뜻이었을까? 나는 아빠의 등에 딱 붙어서 동네 풍경을, 골목 구석구석을 눈에 차곡차곡 담았다.

#마성의 하얀 연기
#지구 끝까지 따라가리
#그러다 미아 될 뻔
#그러나
#어디선가 보이면
#또 달리게 되는
#숙명의 하얀 연기

깍 두 기

—

"둘만 낳아 잘 기르자"던 시대였다.

우리 집도 나와 남동생 둘이었고 상우네도 둘, 정은이네
도 둘이었다. 그런데 놀이를 할라치면 꼭 한 명이 남았다. 술
래잡기나 무궁화 꽃이 피었습니다, 다방구, 짬뽕 따위의 놀
이를 할 때에는 상관이 없었지만 편을 나누어 하는 놀이, 이
를테면 공기놀이나 고무줄, 우리 집에 왜 왔니 등을 할 때에
는 남는 한 명이 늘 골칫거리였다.

우리는 주로 전력이 떨어지는 동생들에게 '깍두기'를 시
켰다. 우리 모두가 너무너무 하고 싶어 죽겠는 깍두기를 너

희가 하게 되어 정말 부럽다는 어설픈 연기를 녀석들은 제법 믿는 눈치였다. 우리는 편을 나누기 전에 깍두기를 먼저 골랐다. 가장 중요한 역할이라는 점을 내세워.

가끔 '이번엔 내가 하면 안 되겠냐'며 너스레를 떨기도 하고, 한 번씩 진짜로 깍두기가 되어 동생들의 사기를 북돋아주기도 했다. 그러면 동생들은 서로 먼저 깍두기를 시켜달라고 손을 번쩍번쩍 치켜들었다. 우리는 뭐라도 된 듯 동생들에게 장기자랑이나 달리기 시합, 심부름을 시켜 깍두기를 뽑아주었다. 당당히 깍두기에 선발된 동생은 뿌듯해했고, 우리는 비실비실 새어나오는 웃음을 숨기기에 급급했다.

그러다 슬슬 동생들이 깍두기 역할에 의문을 갖기 시작했다. 술래에게 잡혀도 잡힌 게 아닌, '얼음'을 해도 아무도 '땡'을 해주지 않는, 아무리 많은 공기알을 낚아채도 카운팅되지 않는, 고무줄에 걸리거나 말거나 다음 단계로 나아가는 자신들의 처지를 의아해했다.

"나 깍두기 안 해!"

동생들이 선전포고를 했다. 정정당당하게 가위바위보로 깍두기를 뽑자는 어처구니없는 제안도 했다. 하지만 우리는 그리 호락호락한 장남장녀들이 아니었다.

"그럼 빠져!"

그들은 어차피 있으나 없으나 팀의 전력에 크게 영향을 미치지 않는, 아니 외려 귀찮기만 한 존재들이었다. 깍두기의 운명이란 원래 그런 거였다. 있어도 그만, 없어도 그만.

깍두기이길 포기한 동생들은 복수를 한답시고 공깃돌을 빼앗아가거나 고무줄을 끊고 도망가는 등 툭하면 훼방을 놓았다. 또 자질구레한 일로 엄마에게 고자질을 하는 통에 종종 놀이가 중단되기도 했지만 우리가 뭐 그 정도 코흘리개들에게 놀아날 인간들이던가. 녀석들이 유치하게 도발해 올 때마다 보란 듯이 더 신나게, 그들이 범접할 수 없는 더 큰 스케일의 놀이로 동생들의 기를 바짝 죽였다.

우리 주위를 맴돌며 지루하게 놀던 동생들은 며칠 지나지 않아 다시 놀이에 끼워달라고 졸라댔다. 깍두기의 운명을 받아들이기로 한 것이었다. 우리는 못 이기는 척 다시 깍두기를 만들어주었다. 이전보다 더 까다로운 조건을 내세웠지만 녀석들은 기꺼이 감수하겠노라 고개를 끄덕였다. 그때부터 우리 골목에는 한 명이던 깍두기가 두 명, 세 명씩 늘어났다.

#이쯤 되면 언니 오빠 누나 형이 아니라
#원수
#투명인간 취급
#그것이 바로 깍두기의 운명
#싫으면 시집가

소꿉놀이 할 사람, 여기 여기 붙어라

고무줄 놀이

—

딱따구리구리 마요네즈 마요네즈 케첩은 맛있어
인도인도인도 사이다 사이다 사이다 오 땡큐

하굣길, 골목에서 국적 불명의 딱따구리 노래 소리가 들리면 가방을 집에 가져다 놓을 새도 없이 바짓단을 걷고 고무줄놀이에 끼어들었다. 골목길에 책가방이 산더미같이 쌓였지만 누구 하나 딱따구리와 마요네즈가 무슨 관계인지, 인도와 사이다는 도대체 무슨 연관이 있는지 궁금해하지 않았다. 게다가 뜬금없이 '오 땡큐'라니. 그것이 고맙다는 뜻이란 걸 아는 친구가 과연 있었을까.

월계 하계 수수 목단 금단 초단 일
공주마마 납신다
월남 마차 타고 가는 캔디 아가씨
공주마마 납신다

까만 접이식 도루코 칼을 가지고 나와 슬쩍 고무줄을 끊고 도망가는 남자아이들이 있었지만 뛰어봤자 벼룩, 우리는 녀석들을 끝까지 쫓아가 응징했고 남아 있는 아이들은 끊어진 고무줄을 묶어 이내 게임을 재정비했다.

매번 목덜미를 잡혀 질질 끌려오고, 잡힐 때마다 여자친구들의 날카로운 손맛을 제대로 봐야 했지만 늘 키득거리며 호시탐탐 우리의 고무줄을 놀렸던 걸 보면 우리의 '고무줄놀이'처럼 녀석들도 자신들만의 방식으로 '고무줄놀이'를 즐겼던 것은 아닐까.

월 화 수 목 금 토 일
밟기 밟기 또 밟기 간다 간다 또 간다
탄다 탄다 밥 탄다

소꿉놀이 할 사람, 여기 여기 붙어라

밥 먹으라고 동네가 떠나갈 듯 부르는 엄마의 목소리는
귀신같이 못 알아듣는 척하면서 밥이 타는 건 싫었던 걸까?
딱히 음도 없어 주술을 읊조리는 듯 다소 을씨년스러웠던
노래, 탄다 탄다 밥 탄다. 단순한 노랫말처럼 놀이 방법도 단
조로웠던 고무줄놀이.

발목에서부터 무릎, 허벅지, 엉덩이, 허리, 겨드랑이, 어
깨, 목, 귀, 머리, 머리 위 등으로 점차 단계가 올라갈 때마다
우리들은 땅을 짚고 물구나무를 서며 골목을 날아다녔다.
올림픽 경기에 고무줄놀이가 채택되었다면 나와 우리 동네
아이들 목에 반짝이는 메달이 두어 개는 걸려 있었을 거다.
국위 선양은 물론이고 마포대로에서 꽃목걸이를 걸고 카퍼
레이드도 할 수 있었을 텐데.

이상하고 아름다운 도깨비나라
방망이로 두드리면 무엇이 될까
금 나와라와라 뚝딱
은 나와라와라 뚝딱

'고신(고무줄신)'이라는 별명을 가진 정은이는 물구나무

서기를 하고 고무줄을 넘다가 팔이 빠졌다. 평소와 다름없이 땅바닥을 짚고 멋지게 날아오르는가 싶은 순간, "아악" 외마디 비명을 남기고 땅으로 떨어졌다. 머리 위까지 올라간 마지막 단계, 성공을 바로 눈앞에 둔 순간이었다. 우리는 바닥에 쓰러진 정은이와 튕겨져 올라가 한없이 춤을 추고 있는 고무줄을 보고 탄식했다.

다음 날 정은이가 깁스를 하고 나타났다. 정은이는 자연스럽게 다시 고무줄놀이에 합류했고 우리 중 누구 하나 말리는 사람은 없었다. 고무줄은 전적으로 다리로 하는 놀이다, 팔은 거들기만 할 뿐.

삼촌 50원만 줘요 없다 없다 저리 가거라
삼촌은 깍쟁이 50원도 안 주고 깍쟁이가 되었습니다

혼자 할 때면 한쪽은 시멘트 쓰레기통에, 다른 한쪽은 전봇대에 매달아 놓고 둘이 할 때면 한쪽은 친구 다리에, 한쪽은 전봇대에 묶어 놓았던 고무줄놀이. 그러나 하나는 곧 둘이 되고 셋이 되고 열이 됐다. 혼자서도 잘 놀았지만 혼자 놀 일이 별로 없던 그 시절.

때로는 한 줄, 두 줄로 또는 삼각, 사각형 모양으로 늘어나는 친구들에 따라 함께 늘어났던 검정 고무줄. 하늘 높이 뛰어오르면 아무 생각도 나지 않던, 그래서 가끔은 숙제도, 집에 갈 시간도 까먹어 혼나야 했던 마성의 고무줄놀이.

#다리에 새겨지는
#검정 고무줄 자국
#고신(고무줄신)의 훈장

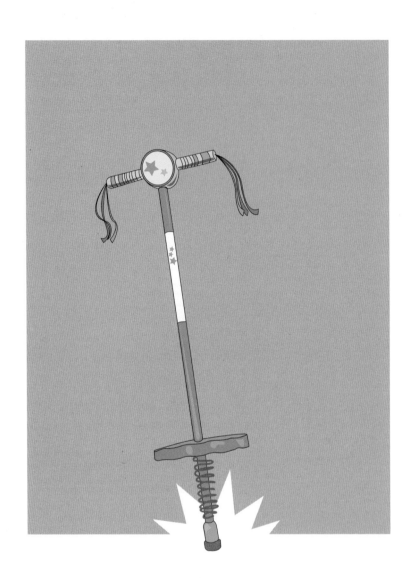

소꿉놀이 할 사람, 여기 여기 붙어라

스카이콩콩

—

스프링이 달린 긴 막대에 두 발을 올려놓고 통통 튀는
놀이기구, 스카이콩콩.

경선이는 생일날 스카이콩콩을 선물 받은 뒤부터 땅으
로 내려온 적이 없었다. 학교에 갈 때에도, 공기놀이를 하러
나올 때에도, 숨바꼭질을 할 때에도 강시처럼 콩콩 튀어오
르며 골목을 휘젓고 다녔다. 스카이콩콩이 없는 나는 영환
도사마냥 경선이의 꽁무니를 쫓아 뛰어다니며 재미없는 잡
기놀이를 해야 했다.
그전까지는 별다른 기구 없이도 재밌게 놀았었는데 스

카이콩콩이 등장한 이후로 땅따먹기도, 공기놀이도, 고무줄 놀이도 시시해져버렸다. 얼마 지나지 않아 상우도, 정은이도 스카이콩콩을 타고 나타났다. 한 번씩 친구들 것을 빌려 타보긴 했지만 내 것이 아닌 이상 흥이 나지 않는 법. 삽이나 쓰레받기, 빗자루로 스카이콩콩을 대신해 뛰어보았으나 스프링이 없는 그것들은 나를 하늘 높이 날아오르게 하지 못했다.

하루가 멀다 하고 스카이콩콩을 사달라며 노래를 부르던 어느 날, 드디어 내게도 손잡이에 반짝이는 기다란 테이프가 매달려 있는 빨간 스카이콩콩이 생겼다. 동생과 나의 생일, 어린이날을 합쳐서 받은 귀한 선물. 그러나 엄마는 엄마, 역시는 역시, 자식은 둘이건만 뭐든 두 개를 사는 법이 없었다.

엄마는 사이좋게 가지고 놀라고 하셨지만 남동생과 나는 하나뿐인 스카이콩콩을 두고 잦은 실랑이를 벌여야 했다. 우리는 말로 싸우지 않았다. 주먹을 휘두르고 발길질을 했다. 방문을 열고 구경하던 삼촌은 마치 권투 중계를 하듯 신이 나 동생의 편에서, 때로는 나의 편에서 박쥐처럼 코칭을 했다.

"민우야, 누나 허리, 허리!"

"지은아, 민우 다리, 다리를 걸란 말이야."

정정당당하게 한 번씩 번갈아 타기로 해놓고 녀석은 꼭 반칙을 했다. 중심을 잡기는커녕 제대로 올라타지도 못하는 녀석에 비해 나는 꽤 오랫동안 스카이콩콩 위에서 버텼는데 약이 오른 동생은 내가 너무 오래 탄다 싶으면 뒤로 돌아가 가차 없이 나를 밀었다. 쓰러진 나는 아랑곳없이 스카이콩콩만 들고 달아나던 동생을 쫓아가 잡으면 또다시 시작되는 주먹다짐.

마당에서 또 쌈박질을 하고 있는 우리 둘을 발견한 날, 엄마는 스카이콩콩을 던져버리셨다. 신나게 중계를 하던 막냇삼촌은 잽싸게 방문을 닫고 공부(하는 척)를 했다. 엄마는 "사이좋게 놀면 다시 사주마!" 약속을 하셨지만 우리는 서로 '네 탓'이라며 친구들의 스카이콩콩이 보일 때마다 으르렁거렸다.

스카이콩콩은 끝내 다시 나타나지 않았다. 집 밖 담벼락 네모난 시멘트 쓰레기통에 버리는 걸 분명히 보았는데 쓰레기통 안을 아무리 뒤져보아도, 집 안 구석구석을 샅샅이 들여다보아도 스카이콩콩을 찾을 수가 없었다. 그러나 녀석과 또 싸우느니 차라리 타지 않는 편이 나았다. 녀석의 생각도 같았는지 우리는 엄마에게 스카이콩콩 이야기를 다시는 꺼내지 않았다.

하늘로 날아오르는 꿈은 그렇게 짧게 대단원의 막을 내렸다. 제법 머리가 굵어진 동생과 전쟁의 서막이 시작되는 순간이었다.

#하늘까지 닿을 기세
#이름은 누가 지었나
#찰떡 같아라
#스카이콩콩

약 수 터

—

물을 사 먹는다는 것은 어릴 땐 상상도 하지 못했던 일이다.

펌프에서 길어올리던 쇠 맛이 나는 물도 그냥 마셨고, 꼭지만 틀면 콸콸 나오는 수돗물도 그냥 마셨다. 가끔 엄마가 끓여주시던 보리차와 결명자차, 옥수수차를 마시긴 했지만 그것은 기호의 선택이었을 뿐 하늘에서 내리는 빗물, 눈송이도 입 벌려 받아 먹던 시절이었다.

나는 가끔 아빠와 함께 북아현동에 있는 복주산으로 약수를 뜨러 갔다. 복주물이라고 불리던 약수터에는 늘 물통들이 사람들을 대신해 줄을 서 있었다. 그 줄 끝에 물통을 세워놓고 산 중턱 해골바위까지 산책을 하고 오면 어느새 물이 넘쳐 나오는 파이프 앞까지 우리 물통이 옮겨져 있었다.

내 입에는 특별히 다를 것 없는 약숫물이 물통에 다 채워지면 아빠는 배낭에 물통을 넣어 메고 양손에 하나씩 들고 산을 내려갔다. 내 손에도 작은 물병이 하나 주어졌지만 집에 도착할 즈음엔 거의 비어 있기 일쑤였다.

동네에서 멀지 않았던 복주물 약수터는 친구들과 가볍게 산책 삼아 놀러 가기도 하던 곳이었다. 학교를 가지 않는 일요일이면 동네 어귀에서 만난 친구들과 해골바위를 정복하러 종종 탐험을 떠났다.

산 초입에서 구한 나뭇가지로 지팡이를 만들고, 솔방울을 축구공 삼아 발로 차고, 사람들의 소원이 담긴 돌탑을 만나면 은근슬쩍 우리의 소원도 하나씩 쌓으며 약수 한잔 마시고 해골바위를 돌아오면 하루가 다 지나갔다.

문제의 그날도 우리는 해골바위로 떠났다. 옆집 언니와 나, 남동생 셋만 떠나는 조촐한 탐험이었지만 옆집 아줌마가 싸주신 김밥과 우리 엄마가 싸준 간식거리 덕분에 어느 때보다 든든한 탐험길이었다.

소꿉놀이 할 사람, 여기 여기 붙어라

온갖 것에 시비를 걸며 좀처럼 앞으로 나아가질 못하는 동생과 길이 낯선 언니를 데리고 해골바위를 정복하러 가는 길이 쉽지는 않았지만 도착해서 먹을 도시락과 시원한 약수를 떠올리니 발걸음이 절로 가벼워졌다.

우리는 약수터에 도착해 갈증을 해결한 뒤 해골바위로 가는 길 언저리에 앉아 김밥과 간식을 먹었다. 별다른 주재료가 보이지 않는 간단한 김밥이었지만 꿀이 들어간 듯 달았다. 집에서 먹으면 빵가루 떨어진다고 잔소리 듣던 초코파이도 밖에서 걱정 없이 흘리며 먹으니 한결 더 맛있었다. 어떻게 이 맛있는 초코 빵을 부스러기 하나 없이 깨끗하게 먹으란 말인지.

도시락을 다 먹고 해골바위로 떠나기 위해 가방을 메고 있는데 산 초입에서부터 자꾸 눈에 띄던 아저씨가 우리를 향해 다가왔다.

"얘들아……."

아저씨는 물어볼 것이 있다는 듯 우리에게 다가왔는데 가까이 오면 올수록 표정이 무섭게 변했다. 급기야 손에 들고 있던 커다랗고 뾰족한 돌멩이를 머리 위로 들어올리며 나지막이 말했다.

"움직이지 마!"

온몸이 땅속으로 빨려드는 것 같았다. 마음속으로는 당장 살려달라고 소리치며 산 밑으로 뛰어 내려가고 싶었지만 꽉 잠긴 목에서는 소리는커녕 숨조차 내쉬기 어려웠고, 후들거리는 다리는 땅에 박혀 꼼짝하질 않았다.

갑자기 옆집 언니가 산 아래로 뛰어 내려갔다. 그 찰나를 놓칠세라 동생도 뛰어 내려갔다. 나도 그들을 따라 뛰고 싶었는데 다리가 도무지 움직이질 않았다. 아저씨는 뛰어 내려간 언니와 동생, 나를 번갈아 보다가 돌멩이를 던져버리고 이내 산 위로 도망을 갔다.

나는 떨리는 다리를 부여잡고 간신히 산 아래로 내려왔다. 어찌나 다리가 후들거리던지 굴러 떨어지기를 수차례, 약수터에 다다르니 온몸이 흙투성이가 되어 있었다.

언니는 약수터 어른들에게 도움을 요청하고 함께 올라오고 있었다. 나를 발견한 어른들은 무사해서 다행이라며 얼른 집으로 돌아가라고 하셨다. 나는 언니와 함께 서둘러 집으로 돌아왔다. 약수터에서 돌아오는 내내 보이지 않아 걱정했던 동생은 어느새 집에 도착해 있었다.

그 사건 이후로 우리끼리의 복주물 탐험은 금지되었다.

아직도 그날을 떠올리면 두 다리가 굳어버린다. 생각대로 되지 않았던 상황들, 누구보다 씩씩하게 도움을 요청하며 뛰어 내려갈 줄 알았던 내가 아무것도 하지 못한 채 무기력하게 서 있었다는 사실이 충격적이었다. 그리고 나를 내버려둔 채 가열차게 뛰어 내려갔던 남동생. 녀석은 도움을 요청하러 집으로 뛰어간 것이라고 구차한 변명을 늘어놓았지만 꽤 오랫동안 '배신자'라는 오명을 쓰고 있어야 했다.

#물을 사 먹는다고?
#에이
#거짓말
#봉이 김선달

썰매 타기

—

눈이 내리기 시작하는 겨울, 동네 언덕에 눈이 쌓이면
우리들만의 겨울 놀이터가 만들어졌다.

동네 어른들은 내리는 눈보다 빠른 속도로 집 앞 눈을
쓸고 연탄을 깨서 안전한 보행길을 만드는 반면, 우리는 눈
썰매를 타며 가뜩이나 미끄러운 길을 반짝반짝 빛이 나는
빙판길로 만들어놨다. 쌀 포대나 넓은 비닐, 납작하게 누른
박스 따위를 타고 언덕을 쌩쌩 내달릴 때마다 어른들의 잔
소리가 귓가에 와서 박혔지만, 그런 잔소리들은 캐럴송의
종소리쯤으로 흘려보낼 줄 아는 내공이 이미 우리에겐 두둑

이 쌓여 있었다.

어느 날 우리 집 앞 파란 대문 집에 살던 여자아이가 그 럴싸한 썰매를 들고 나왔다. 사과나 생선을 담던 궤짝 같은 거친 나무를 작게 잘라서 끈으로 여러 겹 엮은 나무 썰매였다. 우리가 들고 있던 쌀 포대나 비닐들은 금세 시시해 보였다. 동네 아이들의 시선은 온통 신식 썰매에 매달려 있었다.

친구들은 담벼락에 기대어 앉아 그 아이의 썰매에 집중했다. 비료 포대보다 잘 미끄러지지 않는다고 흉을 보는 친구도 있었지만, 길바닥에 엉덩이를 대고 타서 노면의 상태를 죄다 느껴야 하는 우리의 바닥 밀착형 썰매보다 그 아이의 공중 부양형 썰매가 훨씬 근사해 보이긴 했다.

친구들은 멋진 썰매를 만들어주는 아빠를 가진 그 아이를 부러워했다. 그리고 썰매를 한번 얻어 타보기 위해 그 아이의 비위를 다 맞춰주고 각종 군것질거리를 갖다 바쳤다.

그날 이후 하루 이틀 시간이 지날수록 제법 모양새를 갖춘 썰매들이 언덕길을 메웠다. 소금가게를 하시던 상우 아빠는 소금을 얹어놓는 나무판자를 잘라 썰매를 만들어주셨고, 쌀집을 하시던 다른 친구의 아빠는 찢어진 고무 대야로 썰매를 만들어주셨다.

늘 바쁘신 우리 아빠. 썰매를 만들어달라고 졸라도 보고, 부탁도 해보고, 울어도 봤지만 아빠는 늘 "다음에"라는 말만 되풀이했다. 삼촌들도 바쁘기는 마찬가지였다. 여느 집보다 남자 어른들이 많은 우리 집이었지만 내 썰매 하나 만들어줄 한가하고 다정하고 친절하고 배려 깊은 어른은 한 명도 없었다.

또다시 종이에 썰매를 그렸다. 그리고 친구들이 멋진 썰매를 가지고 나올 때마다 주머니 속에 접어 넣어둔 내 멋진 썰매를 상상하며 쌀 포대를 접었다.

겨울의 끝에 다다른 어느 날 아침, 출근 준비로 바쁜 아빠는 아직 잠결인 내게 엄마 몰래 마루 밑을 보라고 말씀하시곤 이내 사라지셨다. 꿈을 꾼 줄 알았다. 아빠의 목소리가 바람처럼, 안개처럼 사라졌다.

아침을 먹자마자 밖에서 들리는 익숙한 친구들의 목소리에 마루 밑에 접어놓은 쌀 포대를 꺼내 나가려는데 마루 밑 디딤돌 뒤에 처음 보는 나무 썰매가 놓여 있었다. 아빠가 나무 궤짝 대신 부엌에서 쓰는 도마 다리 양쪽에 뭉툭한 날을 박아주신 것이었다. 벌겋게 색이 바랜 도마 위에 밴 비릿한 김치 냄새가 좀 걸렸지만 부실한 궤짝 따위와는 비교도 할 수 없는 엄청 튼튼한 나무 썰매였다.

나는 잽싸게 신발을 신고 당당하게 나의 썰매를 들고 나
갔다. 우리 동네에서 날이 박힌 썰매를 가진 사람은 내가 처
음이었다. 아이들은 두툼하고 납작한 모양새를 단박에 알아
보고 도마가 아니냐며 비웃기도 했지만 쌩쌩 잘 나가고 벽
에 부딪혀도 깨지지 않는 나의 썰매를 한번 타보고 싶어 했
다. 상우의 썰매는 두어 번 타자 부서졌고, 경선이의 종이박
스 썰매는 찢어진 지 오래였다.

정작 나는 몇 번 타보지도 못한 채 친구들의 성화에 썰
매를 빼앗겼지만, 바람처럼 날아다니는 나의 썰매를 지켜보
는 것만으로도 신이 났다. 앞집 여자아이는 나와 도마를 번
갈아 흘겨보다가 추위에 벌겋게 변한 양쪽 볼에 바람을 잔
뜩 넣고 사라지더니 이내 아빠를 데리고 나왔다. 아지씨는
내 썰매를 보시곤 기가 막히다는 표정을 짓고는 파란 대문
안으로 사라지셨다.

그렇게 하루 종일 썰매를 타고 집으로 돌아가는 길, 본
능적으로 이 썰매는 집에 가져가면 안 된다는 생각이 들어
상우네 집 창고 옆에 잘 숨겨두었다. 엄마는 그날 저녁 내내
부엌에 둔 도마가 사라졌다고, 귀신이 곡할 노릇이라고 투

덜거렸지만 아빠와 나는 끝까지 침묵했다.

우리는 서로 고맙다는 말도, 잘 가지고 놀았느냐는 말도 나누지 않았다. 다만 가슴에 품고 있었다. 그날 나와 아빠가 함께 공유했던 그 뜨거운 비밀을.

"아니, 국자도 없어지고 도마도 없어지고 도대체 무슨 일이야? 삼촌, 이리 좀 와봐요."

#밀가루 포대
#쌀 포대
#실내화 주머니
#고무 대야
#미끄러지는 모든 것들이
#썰매

논두렁 썰매장

—

겨울이 되면 추수가 끝난 논에 물을 받아 얼린 논 썰매장이 개장을 했다.

만국기가 화려하게 걸려 있는 논 썰매장에서는 스케이트나 썰매를 빌려 탈 수 있었고, 커다란 난로가 놓여 있는 비닐하우스 안에서는 군고구마나 어묵, 떡볶이 등 간단한 간식을 사 먹을 수 있었다.

당시 국민학생이던 나와 동생은 겨울 방학이 되면 썰매장을 가기 위해 외할머니 댁으로 향했다. 할머니 댁 바로 앞 화전역에 논 썰매장이 있었기 때문이다.

할머니 댁에 가서 인사를 드리고 부리나케 썰매장으로 달려가 빨간색 가죽 스케이트를 빌려 타거나 썰매를 타고 볼이 빨개질 때까지 놀다가 할머니가 차려주시는 맛있는 저녁을 먹고 다시 버스를 타고 집에 돌아오는 일이 겨울 방학 중 가장 흔하고 재미있는 일과였다.

그날도 어김없이 외할머니 집에 들러 인사를 하고 썰매장으로 향하려는데 할머니가 급히 우리를 불러 세우셨다.

"이거 따끈하게 마시고 가라."

우유 같기도 하고 미숫가루 같기도 한 그것, 누런 양은그릇에 혀를 슬쩍 담가보니 씁쓸하고 달큰한 맛이 혀 안쪽까지 배어들었다. 맛은 별로였지만 따끈한 것이 몸 안으로 들어가니 기분이 좋았다. 그리고 이것을 다 마시지 않으면 할머니가 놓아주시지 않으리라는 사실을 너무나 잘 알고 있었기에 동생과 한 잔씩 뚝딱 마시고는 썰매장으로 뛰어갔다.

덕분에 온몸이 달궈진 것 같았다. 겉옷을 벗고 스케이트를 타도 춥지가 않았다. 그전엔 가끔씩 손끝, 발끝이 시려 비닐하우스 안에 들어가 몸을 녹이곤 했었는데 이날은 전혀 추위가 느껴지지 않았다. 추워서가 아니라 너무 힘이 들어서 동생과 난롯가에 앉아 잠시 쉬다가 잠이 들었다.

해가 질 때까지 돌아오지 않자 걱정이 되신 할머니가 우리 남매를 찾아 스케이트장에 오셨다. 할머니 목소리에 겨우 눈을 떠보니 할머니와 어른들 몇 명이 우리를 둘러싸고 있었다. 아저씨들은 할머니께 '술지게미'를 먹였다는 말을 듣고는 한바탕 웃고서 돌아가셨다. 썰매장 아저씨는 "어쩐지 아무리 깨워도 일어나질 못하더라"며 계속 안 일어나면 경찰을 불러야 하나 고민하셨다고 했다.

할머니는 아직 술지게미의 기운이 남아 있는 우리를 집으로 데려가셨다. 그날 연락도 없이 늦게까지 돌아오지 않는 우리를 걱정한 엄마가 외할머니 댁으로 찾아왔고, 우리 남매는 할머니와 엄마 사이에서 모처럼 깊은 단잠에 빠져들었다.

#논 썰매장
#비닐하우스
#만국기
#붉은 가죽 스케이트
#드럼통 난로
#겨울 놀이

기찻길

—

가끔 골목길에서 노는 것이 시시해질 때면 우리는 마포
와 공덕동이 만나는 사거리 기찻길까지 걸어갔다.

철길 위에서 누가 떨어지지 않고 오래 가나 시합도 하
고, 철로에 귀를 대고 누워 멀리서 기차 오는 소리도 들었다.
기차가 지나가기 전에 동전이나 꽃, 강아지풀 같은 것들을
철로에 올려놓고 기차바퀴가 밟고 지나가면 납작해지는 것
들로 목걸이도 만들고 소꿉놀이도 하고, 괜히 기차를 따라
무모한 달리기 시합도 하며 놀았다.
　　나란히 같은 간격을 유지하는데 저 멀리서 꼭 만나는 것

처럼 보이는 게 정말로 이상해 친구와 함께 걷고 또 걸었지만 결국 좁아지지 않던 철길, 유독 아지랑이가 많이 피어오르던 기찻길 옆에서 민들레 홀씨를 불어 날리며 언젠간 꼭 같이 기차를 타보자고 약속했던 친구들.

우리는 겁쟁이들이라 기차가 올 때까지 오래 버티기 같은 위험한 놀이는 하지 않았지만 "철로 위에서 버티기를 하던 옆 동네 누가 열차에 치여 죽었다더라", "철길 옆을 걷다가 튄 돌덩이에 맞아 누가 눈이 멀었다더라" 하는 흉흉한 소문이 자자해지자 우리는 더 이상 철길을 놀이터 삼아 놀지 않았다.

그래도 한 번씩 친구들과 오가는 길에 들러 공깃돌도 줍고 철길도 걷고, 이름 모를 풀꽃들을 꺾어 꽃반지도 만들고 상상의 나래를 펼치던 우리들의 기찻길 놀이터.

#떨어지지 않고 오래 걷기
#어디선가 만날 것 같은 평행선
#함께 꼭 기차를 타보자
#약속했던
#다정한 나의 꼬마 친구들

이 사 가 는 날

—

우리 네 식구가 독립하던 날, 대가족 수발에 지친 엄마
는 이제 우리 가족끼리 살 수 있다고, 불편한 한옥 집에
서 편리한 아파트로 간다고 즐거워하셨다.

더 이상 내 손으로 라일락 나뭇가지를 꺾어와 매를 만들
지 않아도 되고, 냄새보다 무서운 화장실 귀신 걱정을 하지
않아도 되고, 마주치기만 하면 친엄마 타령을 해대는 짱구
박사를 보지 않아도 되니 엄마처럼 나도 신이 나야 하는데
그렇지가 않았다. 민정이와 지은이, 상우, 정든 내 소꿉친구
들과 헤어져야 하고, 삼순이를 데려갈 수도 없고 더 이상 막

냇삼촌을 놀릴 수도 없다는 사실이 분했다.

무엇보다 이 마당, 비가 오면 빗물을 받아 연주회를 열고 눈이 내리면 연탄을 굴려 눈사람을 만들고 라일락 꽃잎을 모아 친구들과 소꿉놀이를 하고 삼순이와 뒹굴던 이 마당을 떠난다는 것이 싫었다.

이사 갈 집을 보고 온 엄마는 화장실이 얼마나 깨끗한지, 쪼그려 앉아 설거지를 하지 않아도 되는 부엌은 또 얼마나 편리한지, 아파트 놀이터가 얼마나 세련됐는지 입에 침이 마르도록 자랑을 늘어놓았지만 잔뜩 부어오른 내 볼은 쉽게 가라앉지를 않았다.

친구들과 꼭 다시 만나자고 새끼손가락을 걸며 다짐하고 자주 놀러 오겠노라 약속했지만 이사 가는 철산리(현재 광명시)라는 동네가 얼마나 먼 곳인지 그때의 나는 알지 못했다. 삼순이에게는 엄마를 잘 설득해서 꼭 너를 데리고 가겠노라 약속했다.

이삿짐 차가 골목 안으로 들어서던 날, 나는 동네 어귀에 숨어 점점 우리 집 살림으로 가득 차고 있는 트럭을 지켜보았다. 얼굴에 웃음이 가실 줄 모르는 엄마가 놓아야 하는 위치를 알려주면 아빠와 삼촌들이 척척 트럭 위에 짐을 올려놓았다.

별거 없는 단출한 살림살이를 다 싣고 떠날 시간, 식구들이 나를 찾기 시작했다. 나를 잊어버리고 가기를 고대하며 꼭꼭 숨어 있었는데 못난이 막냇삼촌이 숨어 있는 나를 용케 찾아냈다. 울고 있던 나를 번쩍 안아 든 삼촌은 자주 놀러 오라고, 삼촌도 자주 놀러 갈 거니까 그만 울라고 머리를 쓰다듬어주었다.

담벼락에 친구들이 주르르 서 있었다. 삼촌 품에 매달려 눈물을 뚝뚝 흘리고 있는 나를 발견하자 친구들도 같이 눈물을 떨구기 시작했다. 다시 만나자고 수없이 약속하고 작별 인사를 연습했지만 정작 이사 가는 날, 나는 친구들과 한마디도 나누지 못했다.

막냇삼촌을 꼭 안고 떨어지지 않으려는 나를 짱구박사가 억지로 떼어내어 트럭에 앉힌 순간, 참았던 울음이 왈칵 터졌다. '꺼이꺼이' 숨이 넘어갈 듯 우는 나를 트럭 앞자리에 먼저 자리한 엄마가 꼭 안아주었다.

"오라이!"

트럭 뒤를 탁탁 치며 출발해도 된다는 사인이 들리자 아저씨는 시동을 걸었다. 차가 천천히 골목을 빠져나가기 시작하는 것을 보고 나는 눈물범벅인 얼굴을 들어 트럭 옆에 매달린 거울을 쳐다보았다.

나의 꼬마 친구들이 점점 작아지고 있었다. 짱구박사와 막냇삼촌은 손을 흔들고 있었다. 바람에 흔들거리던 라일락 나무도 점점 멀어지고 있었다. 삼거리 우물을 돌아 차가 속력을 내기 시작할 때 거울 안으로 삼순이가 보였다. 우리 트럭을 쫓아 따라오던 삼순이를 보며 나는 다시 목 놓아 울었다.

엄마 품에 안겨 온몸을 떨며 울고 있을 때 내 머리 위로 뜨거운 것이 느껴졌다. 속이 시원하다며 이삿짐을 싸던 내내 행복해하던 엄마도 소리 없이 울고 계셨다.

#울지 마
#정든 내 소꿉친구들
#꼭 다시 돌아올 거야
#삼순아
#언니가 꼭 데리러 올게
#그 후 2년 만에 컴백
#괜히 울었네

학교 앞,

추억이
방울방울

병 아 리 아 저 씨

—

따뜻한 봄날, 학교 담장에 개나리가 흐드러지게 필 때면 개나리와 똑 닮은 색의 병아리를 파는 아저씨가 학교 정문 앞에 등장했다.

동그란 구멍이 송송 뚫린 박스 두 개에 나뉘어져 있는 암평아리와 수평아리 중 마음에 드는 녀석을 한 마리 고르면 아저씨는 신문지가 깔린 비닐봉지에 병아리를 담아주셨다.
한 마리에 100원. 친구들과 쪼그려 앉아 예쁘고 건강하게 생긴 병아리를 한 마리씩 골라 품에 안고 집으로 가는 길. 나와 닮은 이름을 붙이고 동생이 생겼다고, 내 이야기를 들어줄 비밀 친구가 생겼다고, 잘 키워서 엄마에게 계란을 나눠주겠다고 조잘거리던 친구들의 목소리가 골목길을 가득 채웠더랬다. 그러나 행복은 그리 길지 않았다. 우리 집 '삐약이'는 집에 온 날부터 시름시름 앓더니 삼 일을 채 넘기지 못했고, 경선이네 병아리는 들고양이의 습격을 받았다. 상우네 병아리는 며칠 버티는 듯했으나 우리 집 삼순이의 뒷걸음질에 운명을 다했고, 장군처럼 씩씩하게 오래오래 살라는 뜻으로 '장군이'라는 이름을 붙인 동생의 병아리도 이틀을 넘기지 못했다.

동생과 비밀 친구와 반려동물을 잃은 우리들의 슬픔은 꽤 오래 갔다. 죽은 병아리를 파묻을 데가 마땅히 없는 아이들은 우리 집 마당, 라일락 나무 밑에 뻣뻣해진 병아리를 묻고 나무젓가락과 고무줄로 십자가를 만들어 꽂아줬다. 엄마는 갑자기 병아리 공동묘지로 변한 우리 집 마당 풍경에 기가 막혀했지만 얕게 묻으면 고양이가 다 헤집어놓는다고 다시 깊게 땅을 파 우리의 친구들을 안전하게 묻어주셨다.

병아리 아저씨는 우리의 슬픔이 가실 즈음 다시 나타났다. 두 번 다시 슬픔을 겪고 싶지 않은 아이들도, 이번엔 잘 키워보겠다고 다시 도전하는 아이들도 작고 귀여운 병아리의 출현에 가슴이 말랑말랑해져 박스 앞에 쪼그려 앉았다.

닭이 될 수 없는 병든 병아리만 판다는 어른들 말씀은 병아리 앞에만 서면 까맣게 잊었다. 게다가 병아리가 작은 닭이 될 때까지 키우는 아이들도 더러 있었다. 경선이도 두 번째 산 병아리를 닭으로 키워냈다. 고양이가 들락거리는 마당에서도 '뽀삐'를 번듯한 닭으로 멋지게 길렀다. 새벽마다 울어대는 통에 동네 사람들의 원성이 자자하고 아침마다 엄마에게 혼이 나 울면서 대문을 나서야 했지만 우리는 모두 경선이를 부러워했다.

강아지처럼 목에 끈을 매 뽀삐를 질질 끌고 동네를 휘젓고 다니던 경선이가 어느 날 새빨개진 눈으로 나타났다.

"오늘 저녁에 식구들이 뽀삐를 먹었어."

경선이는 닭똥 같은 눈물을 떨구었고, 우린 야만적인 경선이네 식구들을 함께 욕해주었다. 그 뒤로 우리는 더 이상 병아리를 사지 않았다. 뽀삐와의 추억을 생각하며(아주아주 잠깐 동안이지만) 통닭도 먹지 않았다.

#개나리
#병아리
#노랗게 물들던
#봄날의 학교
#굿바이
#얄리

구슬 뽑기

—

형형색색의 캡슐들이 가득 차 있는 뽑기 기계.

50원이나 100원짜리 동전을 하나 꽂아 넣고 '드르륵' 소
리가 더 이상 나지 않을 때까지 손잡이를 돌리면 플라스틱
캡슐이 하나씩 뽑아져 나오는 기계. 우리 동네에서는 그것
을 '구슬 뽑기'라 불렀다. 꽝은 없지만 있는 것이나 다름없었
던 구슬 뽑기. 나는 늘 얌체공, 동생은 늘 끈끈이문어.

두근두근 떨리는 마음으로 동전을 넣고 손잡이를 돌리
면 '떼구르르' 굴러 나오는 구슬. 처음엔 구슬 껍데기도 애지
중지, 깨질세라 조심히 비틀어 따고 깨물어 땄지만 내용물

이 '꽝'이다 싶으면 가차 없이 발로 밟아 깨뜨려 부숴버렸던 애증의 구슬 뽑기.

　거울마다, 유리창마다 흘러내리던 문어와 오징어. 장롱 밑, 책상 서랍마다 가득 차 있던 얌체공.

#꽝은 없다지만
#내가 싫으면 꽝
#얌체공
#끈끈이문어
#어린이용
#야바위
#플라스틱 반지
#장난감 시계

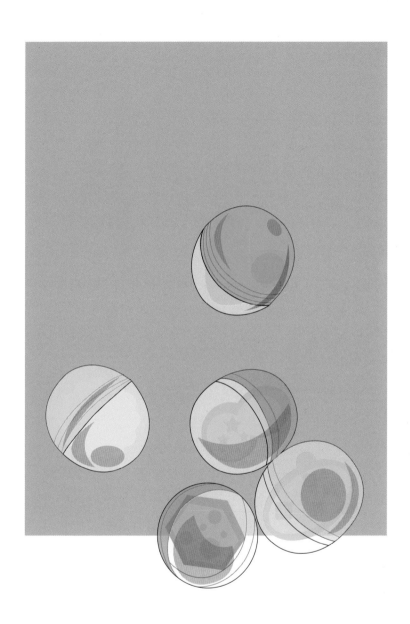

우 산

—

하교 시간 즈음 갑자기 소나기가 내리기 시작하면 우산이 없는 아이들은 학교 정문 앞에 마중 나와 있는 엄마의 얼굴을 찾느라 바빴다.

아이를 먼저 발견한 엄마는 반갑게 손을 흔들고, 엄마를 먼저 발견한 아이는 실내화 주머니를 머리에 얹고 엄마의 우산 속으로 쏙 들어가 안겼다. 나도 두근거리는 마음으로 수많은 얼굴 속에서 엄마의 얼굴을 찾았다. 그러나 정문 앞을 빼곡히 메웠던 얼굴들이 점점 사라지고, 누가 있는지 한눈에 알아차릴 만큼 눈에 띄게 줄어도 엄마의 얼굴은 보이지 않았다.

나와 함께 기다리던 경선이도, 미영이도, 상우도 엄마의 우산 속으로 달려갔는데 나와 남은 몇 명의 아이들만 여전히 엄마도, 우산도 없이 복도 끝 지붕에 떨어지는 빗방울을 피해 학교 담벼락에 매달려 있었다.

비는 그칠 기미가 보이지 않고 엄마의 얼굴이 나타나지 않을 수도 있겠다는 의심이 확신으로 바뀐 순간, 나는 실내화 가방을 머리에 얹고 달리기 시작했다.

남아 있는 아이들은 드디어 우리 엄마가 나타난 줄 알고 부러워했지만 정문 앞에 있는 얼굴 중에 내가 기다리던 그 얼굴은 없었다. 정문 앞을 채 지나치기도 전에 책가방을 멘 등을 제외하고 내 작은 몸은 축축이 젖어 있었다. 안쓰럽게 바라보는 아주머니들의 눈빛을 애써 외면하며 빠르게 정문을 통과해 집으로 달렸다.

뽑기 할아버지가 있던 담벼락을 지나고 아카데미 오락실을 지나고 무지개 약국을 지나는 길, 나와 같이 모든 것이 젖어 있던 거리들을 지나 집에 도착했을 때 엄마는 아무렇지 않게 수건을 건네주었다.

엄마는 집에 있었다. 당연히 그랬을 거라고 생각했다.

특별한 일이 있지 않은 이상 대가족의 살림을 도맡아 해야 하는 엄마는 늘 집에 있었다. 그런데도 엄마는 우산을 들고 정문 앞에서 나를 기다리지 않았다. 내가 이렇게 비를 쫄딱 맞고 돌아오리란 것을 알았으면서 엄마는 나를 데리러 오지 않았다. 화가 났지만 묻지 않았다.

마루에 앉아 씩씩거리고 있는 내게 엄마가 접시를 내밀었다. 기름 냄새가 온 집 안에 퍼져 있는 통에 엄마가 김치 부침개를 했다는 사실을 알고 있었지만 모른 체했다. 엄마는 부침개를 찢어 몇 번이고 권했고 나는 계속 딴 곳을 보며 외면했다.

엄마가 두고 간 김치 부침개에서 연기가 모락모락 피어올랐다. 새콤한 김치 냄새에 식욕이 동해 부엌으로 돌아간 엄마가 볼세라 몰래 한 점을 입안에 넣고 말캉한 김치가 씹힐 때마다 하늘을 향해 뜨거운 김을 쏟아냈다. 티 안 나게 조금만 먹으려 했는데 일단 맛을 보고 나니 순식간에 접시가 비워졌다. 방금 부친 김치 부침개는 젓가락을 갖다 대기만 해도 슬슬 잘 뜯어졌다. 배가 채워질수록 단단했던, 절대 풀리지 않을 것 같던 불덩이 같은 화가 점점 작아졌다.

"엄마 왜 안 왔어? 친구들은 다 엄마가 우산 갖고 왔단 말이야."

홀딱 젖은 동생이 요란하게 대문을 넘어서며 소리쳤다. 한참을 설레는 마음으로 엄마 얼굴을 찾다가 결국 오지 않는다는 사실을 인정하고 집으로 돌아왔을 동생의 심정이 헤아려져 슬슬 풀어지려고 하는 화를 다시 뭉쳐 단단하게 만들었다. 집에 있으면서 왜 안 왔냐, 부침개는 우리를 데리고 온 후에 하면 되지 않냐, 꼬치꼬치 캐묻는 동생을 마음속으로 응원했지만 역시나 속 시원한 대답은 돌아오지 않았다. 엄마는 동생에게도 수건을 건네주고 이내 부엌으로 돌아가 부침개를 뒤집었다.

그 후로도 자주 비가 내렸다. 그러나 여전히 학교 정문 앞에서 엄마의 얼굴은 찾을 수 없었다. 나는 자주 그 비를 맞고 걸었다. 가끔은 가방 속에 우산이 있었지만 펴지 않았다. 내가 비를 좋아하게 된 건 어쩌면 반항심 때문이었는지도 모른다.

여름철, 유난히 비가 많이 내렸다. 그걸 '장마'라 부른다는 것은 조금 더 머리가 자란 후에 알았다.

#비 오는 날
#학교 정문
#내가 기다린 건
#우산이 아니라
#엄마

10원에 다섯 개

—

회색빛이 감도는 울퉁불퉁한, 얼핏 보면 진짜 돌덩어리
같이 보여 이름마저 '돌사탕'인 이 대표적인 불량식품은
10원에 무려 다섯 개나 줬다.

돌사탕 하나를 입에 넣고 혀로 살살 굴려 녹이면 캐러멜
맛이 나기도, 짭조름한 바다 맛이 나기도 했는데 딱히 맛이
있지도, 그렇다고 아주 맛이 없지도 않은 이 싸구려 사탕이
우리에게 인기 있었던 단 하나의 이유는 단돈 10원에 다섯
개를 살 수 있기 때문이었다. 10원짜리 하나로 곁에 있는 친
구 네 명까지 순식간에 함께 행복해질 수 있다는 뜻이었다.

학교 앞, 추억이 방울방울

학교 앞 문방구에서 돌사탕 다섯 개를 집어 손바닥에 올려두고 가게 아줌마에게 10원을 건네면 귀신같이 알고 몰려들던 친구들. 옆 반 상훈이는 알고 그랬는지, 모르고 그랬는지 돌사탕을 늘 여섯 개씩 집어 들어 아주머니에게 혼이 났는데 가끔씩 그냥 넘어갈 때도 있어 친구 한 명이 덩달아 행복해지기도 했다. 경선이 동생 경은이는 돌사탕이 목에 걸려 큰일 날 뻔하기도 했지만 그 시절, 10원짜리 하나에도 우리들은 울고 웃을 수 있었다.

이제는 귀찮아서 길에 떨어져 있어도 줍지 않는 10원짜리 동전이 보인다. 입안에서 돌사탕 맛이 난다. 학교 앞 문방구 풍경이 떠오르고 순식간에 몰려들던 친구들 얼굴이 스쳐간다.

아, 오늘은 주워야겠다. 10원짜리 동전, 아니 추억.

#10원의 행복
#최소 다섯 명 보장
#5인분의 달콤함

오복 통닭

—

아현 시장 뒷골목에는 통닭집 세 개가 경쟁하듯 나란히 붙어 있었다.

칼집을 넣은 닭을 통째로 튀겨주는, 말 그대로 통닭집. 뽀얗게 손질된 닭에 튀김옷을 입혀 커다란 튀김기에 넣고, 잠수함 문처럼 생긴 뚜껑을 닫아 잠그고 조금 기다리면 노릇노릇 잘 튀겨진 통닭이 완성됐다.

아빠의 월급날이나 우리 가족에게 기념할 만한 일이 생기면 우리는 늘 오복 통닭으로 달려갔다. 기름종이에 한 번, 신문에 한 번 싼 통닭을 누런색 종이봉투에 넣어주면 뜨끈

한 통닭이 식을세라 동생과 부리나케 골목길을 달렸다.

김이 서려 살짝 축축해진 봉투를 쟁반 삼아 벌려놓고 엄마가 통닭을 결대로 찢어주면 나는 후추와 소금이 섞여 있는 작은 봉지를 찾아서 접시에 쏟아놓고, 빵빵한 무 봉지를 찢어 그릇에 담아 내왔다.

닭다리를 좋아하는 동생은 닭은 왜 다리가 두 개뿐이냐며 푸념을, 날개를 좋아하는 나는 날개가 네 개쯤 되면 얼마나 좋겠냐고 넋두리를 늘어놓았지만 엄마, 아빠는 퍽퍽한 가슴살이나 살이 거의 없는 목이 좋다 하시며 다리와 날개를 우리에게 나누어주셨다.

그러다 곧 처갓집, 이서방, 페리카나 등을 필두로 한 양념치킨의 시대가 도래했다. 한풀 꺾인 통닭의 인기에 오복통닭도 프랜차이즈 양념치킨 가게로 변신했다. 온 가족이 머리를 맞대고 뜯어 먹던 오복 통닭의 맛은 오복 중에도 최고였는데, 이젠 아무리 '옛날 통닭'이라고 이름 붙여진 닭을 먹어도 영 그 맛이 나질 않는다.

#옛날 통닭
#압력솥
#하얀 무
#누런 종이봉투
#손꼽아 기다리는 아빠의 월급날

두부 공장

—

엄마가 심부름을 시킬 때 우리를 부르는 목소리 톤에는
평소와 다른 공기가 묻어 있었다. 약간의 단호함과 짜증
과 피곤함이 섞인.

그런 목소리가 들려올 때면 일부러 못 들은 척하거나 몰
래 어디에 숨거나 동생의 엉덩이를 발끝으로 슬쩍 밀어보곤
했다. 얼마 안 가 곧 등짝에 내리꽂히는 엄마의 매서운 손맛
을 보거나 벽장에서 발각되거나 "엄마, 누나가 때렸어!"라는
억울한 목소리가 메아리칠 뿐이었지만 왜 그땐 그렇게 심부
름하기가 싫었는지, 한 번에 대답하는 게 왜 그리 싫었는지

모르겠다.

그랬던 내가 유일하게 자처했던 심부름은 집 앞 두부 공장에서 두부를 사오는 일이었다. 작은 구멍가게 안쪽, 그보다 더 작은 쪽문을 넘어가면 할아버지의 두부 공장이 있었다. 말이 공장이지 가게에 딸린 작은 자투리 공간에 물이 가득 차 있는 스테인리스 수조와 몇 가지 주방도구들이 가득 들어찬 정신없는 공간이었다.

두부 한 모에 50원, 반 모는 30원. 물통 속에 잠긴 노란 플라스틱 상자 안에 꽉 차 있는 하얗고 깨끗하고 부드러운 두부들.

할아버지는 꾹 눌러 짜면 시커먼 구정물이 나올 것 같은 나일론 줄 끝에 아스라이 매달린 작은 칼로 두부들을 정확히 잘라내셨다. 두부 외에는 자를 일도 없어 보이는 뭉툭해진 날을 위태롭게 감싸고 있는 반쯤 부러진 까만 플라스틱 칼자루를 다루는 모습이 어찌나 섬세한지 그 모든 일련의 과정이 신성해 보이기까지 했다.

할아버지는 그렇게 조심스레 들어낸 두부를 얇은 비닐 봉지 또는 두꺼운 달력 종이나 신문지에 싸주시곤 무심히 방으로 사라지셨다. 두부 값은 수조 옆 작은 밥공기 안에 넣고 거스름돈도 그곳에서 알아서 가져가면 됐다.

차가운 두부를 손에 든 채 수조 속의 파문이 사라지기를, 물결에 흔들거리며 부서질 듯한 두부들이 다시 평온한 상태로 잦아들기를 기다리며 한참을 쳐다보았다. 그리고 저 수조 통 안에 손 한번 넣어보기를, 뭉툭한 칼끝으로 두부 한 번 잘라보기를 소원했다.

"지은아, 두부 한 모!"

저녁 준비를 하던 엄마가 또다시 두부 심부름을 시키셨다. 마루에 걸터앉아 하릴없이 하늘만 쳐다보고 있던 나는 잽싸게 엄마 지갑에서 50원을 꺼내 들고 대문을 박차고 달려 나갔다. 구멍가게를 지나 쪽문으로 들어서서 할아버지를 몇 번이고 불러보아도 아무 인기척이 없었다. 지는 해가 반쯤 담겨 금빛으로 물든 수조 안의 잘려 나간 두부들만 얌전하게 자리를 지키고 있었다.

'기회가 온 것일까?'

떨리는 마음으로 수조 안에 손을 슬쩍 넣어보았다. 자잘한 물결들이 내 손끝에서부터 퍼져 금빛 두부들을 흔들어놓았다. 짜릿한 기분에 얼른 손을 물에서 빼내었다.

늦은 오후라 두부가 얼마 남아 있지 않았다. 한 모씩, 반

모씩 잘려 있는 두부가 많았지만 수조 옆에 매달린 저 칼, 그것으로 손수 두부를 잘라보고 싶었다.

칼을 집어 들고 최대한 물이 흔들리지 않게 조심스레 손을 집어넣었다. 차갑지도 따뜻하지도 않은, 적당히 기분 좋은 물의 온도. 소매가 젖을세라 팔뚝 높이의 옷을 다시 접어 올리고 두부가 연결된 경계선을 정확히 반으로 천천히 잘라냈다.

칼을 꺼내 다시 수조 끝에 매달아둔 나는 두부를 담을 비닐봉지를 하나 뜯어내어 손끝으로 비벼 벌려놓았다. 그리고 두부 조각들이 부서지지 않게 살포시 건져 비닐에 담았다.

할아버지에게 들킬세라 밥그릇에 50원을 던지듯 집어넣고 뛰쳐나오는데 어찌나 떨리고 기분이 좋던지, 집으로 돌아오는 내내 마치 바이킹을 타는 듯 심장이 울렁거렸다.

할아버지께 들켜 혼나면 어쩌나 하는 불안감보다는 그토록 바래왔던 순간이 이토록 빨리 다가왔음이 기뻤고, 뭔가 나만 알고 있는 비밀이 생긴 것 같은 기분에 묘하게 흥분이 됐다.

그날 이후 또다시 틈틈이 기회를 노려보았지만 할아버

지는 가게를 비우는 날이 없었다. 그래도 두부 심부름은 늘 내 차지였다. 혹시 또 올지도 모르는 그날을 기다리며…….

#심부름 머신
#콩나물
#두부
#라면
#심부름 하다 하루가 다 갈 지경
#어느 날
#두부 공장에서 두부를 죄다 자르고 있는
#할아버지랑 세상 친한
#동생 발견
#배신감 무엇

학교 앞, 추억이 방울방울

비에 젖은 바나나

—

비가 내리던 하굣길, 우연히 동네 어귀에서 남동생을 만났다.

물이 잔뜩 고여 있는 보도블록 아래에 시선을 떨구고 있던 동생은 내가 이름을 부르자 화들짝 놀라 딴청을 피우며 집으로 가는 골목으로 방향을 틀었다. 천천히 발걸음을 늦추며 내가 오기를 기다리던 동생은 함께 몇 걸음 걷자마자 기죽은 목소리로 말을 건넸다.

"누나, 있잖아……."

늘 독기가 올라 있는 녀석에게서 쉽게 들을 수 없는 말투였다. 이때를 놓칠세라 나는 득의양양, 녀석이 아무리 기운 빠지는 목소리여도 넘어가지 않겠다는 듯 단호하고 까칠하게 응수했다.

"뭔데?"

"저기, 저기에 바나나가 있어."

우산에 꽂히는 빗소리에 내가 잘못 들은 건가 싶었다. 두 번이나 재차 물었지만 동생은 정확히 "바나나"라고 말했다. 아까 동생이 서 있던 그 자리, 보도블록 물웅덩이 아래에 바나나가 있다고 했다.

짜장면 한 그릇에 500원, 바나나 한 송이는 거의 5,000원을 육박하던 시절이었다. 남대문 시장에나 가야 낱개로 두어 개 나눠 팔던 바나나를 구경할 수 있었고, 그나마도 비싸서 사 먹을 생각조차 못했던 귀한 과일이었다.

동생이 다시 방향을 틀어 그곳으로 걸어갔다. 나는 도대체 무슨 얘기인가 싶어 녀석의 우산 끝에 떨어져 내리는 빗방울을 쫓아갔다.

흙탕물 웅덩이에 빠끔히 내밀고 있는 노란 꼭지. 중간 부분은 물에 잠겨 있어 보이지 않았지만 정말 바나나 한 송이가 그 속에 있었다.

"맞지? 정말 바나나지?"

동생의 목소리에 금세 활기가 돌았다.

"근데 어쩌라고?"

"먹어도 되나? 먹을까?"

나는 기가 막혔다. 땅에 떨어져도 3초 이내에 주워 먹으면 절대 죽지 않는다는 가설을 가르쳐준 동생이었지만, 이렇게 더러운 물에 잠긴 바나나는 먹으면 죽을 수도 있을 것 같았다.

"너무 더럽지 않냐?"

"껍데기로 싸여 있잖아. 깨끗이 씻어서 껍질을 까면 속은 괜찮지 않을까?"

동생은 이미 마음속에 정답을 품고 있는 것 같았다. 아니, 녀석은 벌써 눈으로 바나나를 먹고 있었다. 그러나 나는 그냥 집에나 가자며 방향을 틀어 앞장서 걸어갔다. 동생은 나를 따라 몇 발자국 걷는 듯하더니 이내 다시 멈추었다. 그리고 결심한 듯 다시 바나나가 있는 쪽으로 걸어갔다.

나는 우산대를 어깨에 걸친 채 녀석의 조심스러운 움직임을 가만히 눈으로만 좇았다. 바나나 앞에서 머뭇거리던 녀석은 지켜보는 나를 의식한 듯 슬쩍 쳐다보더니 반대편에

오는 사람이 없는지 다시 한 번 확인한 후 쭈그려 앉아 바나나를 건져 올렸다.

'쪼르르르.'

바나나 꼭지 부분에서 물이 흘러내렸다. 녀석은 나를 한 번 쳐다보더니 바나나를 물웅덩이에 집어던지고 집 반대 방향으로 뛰기 시작했다. 어찌나 빠르게 뛰던지 순식간에 동생의 모습이 사라졌다.

나는 바나나가 잠겨 있는 물웅덩이로 걸어갔다. 샛노랗고 예쁜 모양의 바나나가 좀 전과는 다른 모양으로 흙탕물 속에 잠겨 있었다. 발로 바나나를 툭 건드려보았다.

나는 이 바나나를 용궁 목욕탕에서 본 적이 있었다. 사우나로 들어가는 입구 쪽 벽에 주렁주렁 매달려 있는 수많은 과일 모형 중 하나인 플라스틱 바나나였다.

끝에 뚫려 있는 공기구멍으로 들어간 빗물 때문에 무겁게 가라앉아 있다가 동생이 건져 올리자 그곳으로 빗물이 흘러내린 것이었다. 동생은 골목에 다시 들어섰다가 바나나를 보고 웃고 있는 나와 눈이 마주치자 머리를 쥐어뜯으며 울부짖었다.

"아아아악……."

그리고 다시 반대 방향으로 뛰어갔다. 나는 속으로 '따봉'을 외쳤다. 당분간 동생을 놀릴 명분이 생겼다.

'바나나 거지.'

#바나나가 귀하던 시절
#그래도 이건 아니지
#바나나만 보면 떠오르는 추억
#넌 아직도 바나나 좋아하니?
#빗물에 담가 먹으렴

학교 앞, 추억이 방울방울

반장, 짜장면, 통닭

—

남동생이 반장이 됐다.

어느 날 동생이 '반장'이라고 새겨 있는 초록색 와펜을 가슴에 차고 나타났다. 평소 공부해라, 숙제해라, 잔소리 한 번 안 하시고 학교생활에도 크게 관심이 없던 엄마였지만 반장 배지를 달고 나타난 녀석을 보고는 적잖이 흥분한 모습이셨다.

어떻게 반장이 된 거냐는 엄마의 물음에 동생은 거만한 표정으로 대답 대신 다른 말을 내뱉었다.

"짜장면 먹고 싶어."

우문현답은 이럴 때 쓰는 말이었던가?

엄마는 하던 일을 만사 제쳐두고 우리를 동네 반점으로 데리고 가셨다. 짜장면 두 그릇에 군만두까지. 녀석이 반장이 된 덕에 나도 덩달아 짜장면을 얻어먹었지만 평소와 다른 녀석의 말투와 행동이 뭔가 탐탁지가 않았다.

엄마는 퇴근해서 돌아온 아빠를 보자마자 동생이 반장이 되었다고 자랑스럽게 이야기하셨다. 동생은 백 마디 말 대신 가슴팍에 붙여진 반장 배지를 내밀었고, 아빠는 기분 좋게 웃으시며 동생의 손을 잡고 통닭을 사러 가셨다.

점심에 짜장면을 먹었는데 저녁에 통닭까지 먹게 되다니, 이런 호사가 없었지만 반장 선거에 관해 추궁하는 나를 요리조리 피해 다니는 녀석이 나는 여전히 께름칙했다. 치킨 날개를 뜯으며 녀석의 동태를 살폈다. 그리고 치킨 무를 씹으며 눈이 마주칠 때마다 흔들리는 녀석의 눈동자를 포착했다.

다음 날, 학교에 가자마자 동생 반으로 달려갔다. 복도에서 놀고 있던 동생 가슴에 반장 배지가 사라지고 없었다. 아무나 붙잡고 너희 반 반장이 누구냐고 물어봤다. 역시나 녀석은 반장이 아니었다.

"너 뭐야? 반장 됐다며?"

"선생님이 어제 반장한테 못 줬다고 나한테 전해주라고 한 건데 그냥 한번 달아본 거야. 난 내 입으로 반장 됐다고 한 적 없어."

뻔뻔한 녀석. 짜장면에 통닭까지 얻어먹고 어찌 수습하려고 저러나 싶었지만 역시나 싫은 마음에 안도 섞인 웃음이 새어나왔다. 그랬다. 말썽쟁이 녀석이, 사고뭉치 내 동생이 반장이 됐을 리가 없었다, 하하.

그래도 녀석 덕에 후하게 얻어먹은지라 나름의 의리로 동생이 반장이 아니었다는 사실은 엄마에게 고자질하지 않았다. 엄마, 아빠는 모처럼 기분이 좋아 보이셨다. 엄마는 만나는 사람마다 붙들고 동생이 반장이 되었다며 은근히 자랑을 늘어놓으셨고, 동생은 진짜 반장이 된 것마냥 타의 모범이 되어 조용히 지냈다.

진짜 반장 배지를 가슴에 단 동생의 친구가 함께 놀자며 집으로 찾아온 날, 아빠는 껄껄 웃어넘기셨지만 엄마는 "반장이 됐다고 내 입으로 말한 적은 없다"고 뺀질거리는 동생을 붙잡아 투명 의자에 앉히셨다.

녀석의 말이 영 틀린 말은 아니었다. 녀석이 직접 반장이 되었다고 말한 적은 없었다. 뭐, 나는 이래저래 괜찮았다.
투명 의자에 앉은 건 녀석이고, 짜장면과 통닭은 이미 소화
가 다 되어버렸으니.

#반장 됐다 좋아하시던 부모님
#건강하게만 자라다오
#거짓말이었나

학교 앞, 추억이 방울방울

은 하 슈 퍼

—

은하 슈퍼는 우리 동네에서 가장 큰 슈퍼였다.

그 집엔 친구 '은주'가 살고 있었다. 그래서 어른들도, 우리도 모두 헷갈려 했다. 어른들은 '은주'를 '은하'로 부르기 일쑤였고, 우리는 자주 '은하 슈퍼'를 '은주 슈퍼'라고 바꿔 불렀다.

은하 슈퍼에는 우리가 좋아하는 과자, 아이스크림, 사탕, 젤리도 팔았지만 아빠가 좋아하는 담배와 술, 엄마 심부름의 단골 품목인 쌀과 고기, 달걀, 두부도 팔았다. 우리가 해야 할 심부름의 8할은 바로 그 은하 슈퍼에 있었다.

은하 슈퍼 집 딸 은주는 무남독녀 외동딸이었다. 당시에는 아이가 하나인 집이 흔치 않았다. 우리 집처럼 남매이거나 자매, 형제인 집이 대다수였고 아이가 세 명에서 네 명인 집도 적지 않았다.

은주는 겉보기에도 엄마, 아빠의 사랑을 독차지하는 '공주님'처럼 보였다. 레이스나 진주가 달린 흰색 반스타킹에 핑크색 치마를 즐겨 입었다. 나는 상상도 할 수 없는 왕관 머리띠나 구슬 반지, 지우개 하나 들어가면 꽉 찰 만한 요상한 작은 가방도 어깨에서 허리로 비스듬히 메고 다녔다.

내 눈에는 영 어색하고 이상해 보였는데 같은 반 여자 친구들은 은주의 차림새가 마음에 들었는지 은주 주변에는 비슷한 스타일의 여자아이들이 항상 삼삼오오 모여 있었다. 늘 남자아이들과 제기차기, 말뚝박기, 짬뽕 등을 하고 뛰어 노느라 함께 어울릴 일이 없던 내게 은주는 그저 같은 반 친구 중 한 명일 뿐이었다.

내 친구 연우는 은주와 아주 친했다. 다른 반이었던 연우는 종례 시간이 끝나면 우리 반에 와서 매일 은주를 기다렸다. 연우는 길 건너 다른 동네에 살고 있어 은주와 같은 방향이 아닌데도 꼭 그렇게 같이 다녔다.

집으로 돌아가던 어느 날, 앞서가고 있던 나를 연우가 불러 세웠다.

"지은아, 같이 가자."

연우 옆에는 은주가 서 있었다. 멀리서도 뽀로통한 표정이 보여 다시 가던 길을 재촉했는데 연우가 달려와서 내 가방을 붙잡았다.

"같이 가자. 나 오늘 너희 집 옆에 있는 치과 가야 해. 은주 데려다주고 같이 가자."

"은주를 왜 데려다줘?"

"너도 가면 알아. 같이 가자, 응?"

연우는 은주를 따라가고, 나는 연우를 따라 걷기 시작했다. 학교 정문을 나서는 순간, 은주는 자연스럽게 책가방을 벗어 연우에게 건네줬고 연우는 은주의 가방을 받아 앞으로 멨다. 은주는 항상 메고 다니는 액세서리 같은 작은 가방만 메고 있었다.

나는 그 둘의 뒤를 따라 점점 천천히 걸었다. 삼거리에서 슬쩍 돌아 집으로 갈 요량이었다. 그러나 눈치를 챈 연우가 삼거리가 보이기 시작하자 내 손을 잡고 걸었다. 그리고 끝이 보이지 않는 돌계단 앞에 섰다. 그 계단 끝에 은하 슈퍼가 있었다.

잠시 계단에 발을 올리고 큰 숨을 몰아쉬던 은주는 숨 고르기가 끝났는지 힘차게 계단을 오르기 시작했다. 오는 내내 가방을 두 개나 메고 있는 연우가 힘들어 보여 연우의 가방은 내가 들어주었다. 심부름할 때나 오르던 이 공포의 돌계단을 별로 친하지도 않은 '은주'를 데려다주기 위해 올라야 한다는 사실이 영 탐탁지 않았다.

땀이 흐르고 헛기침이 나오기 시작했다. 어깨가 아프고 다리가 저려 슬슬 화가 나기 시작할 무렵 은하 슈퍼에 도착했다. 은주는 연우에게 책가방을 받아들고 슈퍼 입구에 있는 아이스크림통 유리문을 열었다. 연우는 익숙한 듯 하얀 김이 모락모락 피어오르는 아이스크림통에서 '딸기맛 아이차'를 하나 골라 들고 유리문 손잡이 끝에 매달려 있는 가위로 꼭지를 잘랐다.

"너도 하나 골라."

은주가 말했다. 어리둥절해 있는 나를 보고 연우도 거들었다.

"너도 고르래."

나는 연우의 가방을 아이스크림통 앞에 내려놓고 계단

을 내려갔다. 화가 났다. 바보 같은 연우 때문에, 여시 같은 은주 때문에.

내 이름을 부르는 연우의 목소리가 들렸지만 나는 뒤돌아보지 않았다. 연우는 그날 이후 우리 반에 나타나지 않았다. 은주도 연우를 기다리지 않았다. 그리고 며칠이 지나 은주가 내게 말을 걸어왔다.

"나랑 같이 집에 갈래?"

"아니."

"우리 집까지 데려다주면 너도 아이스크림 줄게."

"싫어."

은주는 그럴 줄 알았다는 듯 더 이상 묻지 않고 자리를 떠났다. 은주가 새로운 하교 친구를 구하는 데에는 그리 오랜 시간이 걸리지 않았다. 종례 시간이 끝나자 새로운 얼굴이 복도를 지키고 있었다. 매일 아이스크림을 골라 먹을 수 있는 은주의 새 하교 친구.

#아이스크림 친구
#아니
#친구는 무슨
#가방 셔틀
#불여시

학 교 괴 담

—
애들아, 잘 들어.

우리 학교 소풍날마다 왜 비가 오는지 알아? 수위 아저씨 알지? 그 아저씨가 예전에 용을 죽였는데 그 용의 머리를 저 운동장 단상 밑에 묻었대. 그래서 소풍이나 운동회 같은 학교 행사 때 비가 자주 오는 거야. 그 비는 용이 흘리는 눈물이래. 우리 학교는 저주를 받은 거라고.

그리고 너희, 이순신 동상 알지? 운동장 스탠드 뒤에 서 있는 동상 말이야. 그거 밤 12시만 되면 움직인다? 그런데 용을 죽인 수위 아저씨가 무서워서 학교 밖으로는 못 나간

대. 진짜야, 내 친구가 진짜 이순신 장군이 움직이는 거 봤대. 밤 12시에 교문 밖에서 봤는데 진짜 이순신 동상이 없었대, 짱이지?

그 옆에 있는 책 읽는 소녀 동상도 봤지? 그것도 12시가 되면 움직이는데 손에 들고 있는 책 있잖아, 그걸 하루에 한 장씩 넘기고 있대. 그 소녀가 책을 다 읽는 날, 우리 학교는 망하는 거야.

아, 저기 운동장 끝에 있는 화장실, 그 소문도 모르지? 거기 네 번째 화장실에 어떤 학생이 빠져 죽었잖아. 아직도 시신을 못 찾았대, 웬열!

전교 2등 하는 애가 아무리 공부를 해도 1등을 못 이기니까 얄미워서 화장실 문을 걸어 잠갔는데 1등 하던 애가 문을 열려고 애쓰다가 발을 헛디뎌 죽었다지 뭐야. 그 후로 2등 하던 애는 1등을 했대. 빠져 죽은 1등만 캡짱 억울한 거지. 죽은 아이는 가끔씩 거꾸로 매달려서 화장실 문을 잠근 앤가 아닌가 확인을 한대. 아우, 소름 끼쳐. 잊지 마, 네 번째 화장실이야!

전에 교감선생님이 밤에 순찰을 돌다가 어느 반에 아직 남아 있는 애가 있어서 왜 아직도 안 가고 남아 있냐고 그랬더니 그 애가 뭐랬는 줄 알아?

"다리가 없어서요."

우리 학교가 예전에 공동묘지였다는 건 알아? 운동장 밑에 옛날 무덤들이 그대로 있는데 밤마다 그 원혼들이 나와서 우리 학교를 떠돌아다닌대. 가끔 운동장에 낙서도 하고 그런다는데 그걸 제일 처음 보는 애는 시름시름 앓다가 죽게 된대.

은행나무, 저기 운동장 끝에 우리 학교 교목인 가장 큰 은행나무 말이야. 그 밑엔 빨간 마스크 때문에 죽은 우리 학교 학생이 묻혀 있는데 가끔씩 혼자 그네를 타며 논대. 너희들 아무도 없는데 혼자 움직이는 그네 본 적 있지? 그래, 그게 바로 그 아이의 원혼이래.

강당에 있는 거울도 조심해. 문 바로 옆에 있는 동그란 거울 말이야. 가끔씩 거울 속에 자기가 아니라 다른 얼굴이 보이면 그날 밤 거울 속 그 사람이 찾아와 목을 조른다고 그랬어.

잠깐만, 내가 지금 몇 개나 얘기했지? 여덟 개다. 우리 학교 비밀이 열 개인데 나머지 두 개까지 다 알게 되는 날, 수위 아저씨가 그 사람을 잡아다가 자기가 죽인 용의 제삿

날 바친대. 조심해.

아, 왠열! 나 지금 떨고 있니?

#수위 아저씨가 무슨 죄
#째려봐서
#미안해요
#그땐 믿었어요
#궁서체
#이순신 동상도 덜덜 떠는
#캡 무서운 수위 아저씨

Y의 비밀

—

Y는 특별활동 시간에 만난 다른 반 친구였다.

긴 머리를 양 갈래로 나눠 묶거나 따기를 즐겨 하던 Y와 나는 서예 시간 옆자리에 앉으며 친해졌다. 매주 수요일, 일주일에 한 번 있는 한 시간짜리 취미활동 시간이었지만 학교에서 '공부'가 아닌 모든 것이 '놀이'로 분류되는 우리에게 특별활동은 늘 기다려지는 즐거운 시간이었다.

먹을 갈고 화선지에 줄을 긋는 조용한 시간, 우리는 작은 목소리로 속닥거리며 서예와 상관없는 수다를 떨고 군것질거리를 가져와 선생님 몰래 입속에서 녹여 먹고 화장실에 간다는 핑계로 운동장 스탠드에 앉아 한 시간을 알차게 때웠다. 선생님한테 걸려 주의를 받을 때마다 Y는 특유의 밝은 애교로 용서를 구했고, 마음씨 좋은 서예 선생님은 늘 웃음으로 넘어가주셨다.

그날도 우리는 만나자마자 낄낄거리며 웃고 떠들었다. 벼루에 먹을 가는 일이 뭐가 그렇게 웃기냐며 선생님도 덩달아 따라 웃으셨지만 한번 터진 웃음은 쉽게 멈춰지지가 않았다. 여러 번 선생님께 주의를 받고 나서야 겨우 진정한 우리는 붓 끝에서 번지는 먹물을 느끼며 여러 가지 도형으로 화선지를 가득 메우기 시작했다.

선생님은 칠판에 '자신의 이름 한문으로 쓰기'라고 적으신 후 1분단부터 돌아다니며 아이들의 이름을 한문으로 어떻게 쓰는지 시범을 보여주셨다.

"선생님, 화장실 다녀오면 안 돼요?"

선생님은 나와 Y의 얼굴을 한 번씩 번갈아 보며 안 된다고 하셨다. Y는 이번엔 정말이라고, 혼자 얼른 다녀오겠다고 했지만 선생님은 단호하셨다. 그리고 화선지에 Y의 한문 이름을 써주시곤 다음 분단으로 이동하셨다.

얼마 지나지 않아 의자 밑으로 물이 뚝뚝 흐르기 시작했다. Y는 붓을 잡은 손 그대로 움직이지 않았다.

"일어나, 나가자."

나는 Y의 팔을 당겼지만 Y는 꼼짝하지 않았다. 앞자리에 앉은 아이의 실내화 밑으로 물이 흘러 내려갈 무렵, 나는 붓을 담그고 있던 내 물통을 Y의 바지에 부어버렸다.

"아이고, 조심 좀 하지."

마지막 분단에서 이름을 써주고 계시던 선생님은 또 사고를 쳤냐며 우리를 나무라셨다.

나는 Y를 데리고 수돗가로 갔다. 이미 홀딱 젖어버려 어쩔 수가 없었지만 우리는 깨끗한 물로 바지를 헹궜다. Y는 서예용 토시를 끼고 손에 붓을 쥔 채로 멍하니 수돗가에 앉아 있었다.

나는 다시 교실로 돌아가 서예 도구와 가방을 챙겨 수돗가로 내려왔다. 그리고 Y의 서예 깔개를 허리에 둘러주었다. 양말과 실내화까지 폭삭 젖어 Y가 걷는 걸음마다 물 자욱이 번졌다.

우리는 아무 말도 하지 않고 걸었다. Y를 집까지 바래다주고 오는 길, Y의 목소리가 들렸다.

"고마워."

나는 일부러 돌아보지 않았다. 골목을 돌아서 나갈 때까지, Y가 더 이상 나를 볼 수 없을 때까지 나는 앞만 보고 걸었다. 우리가 6학년 때의 일이었다.

#CA 시간
#인기 많던 서예
#벼루에 묵 갈아본 사람
#문방사우
#매난국죽
#사군자

최 루 탄

—

눈을 제대로 뜰 수 없을 만큼 매워 눈물이 줄줄 흐르고 콧물이 뚝뚝 떨어져도 닦을 수 없었다. 더 매워지니까.

그땐 영문을 몰랐다. 경찰이 쏜 것인지, 대학생 언니, 오빠들 때문인지 몰라 누구를 원망할 수도 없었다. 다만 우리는 가방에 치약을 넣고 다니며 매캐한 최루탄 냄새가 풍겨오면 재빨리 눈과 코 밑에 바르고 인디언 놀이를 하며 놀았다. 바람을 쐬면 좀 시원해지는 통에 우리는 바람이 부는 곳을 따라 내달리기도 하고, 입으로 인디언 소리를 내거나 총소리 같은 것을 내며 온몸으로 굴렀다.

학교 앞, 추억이 방울방울

최루탄도 우리의 골목 놀이터를, 우리의 놀이 시간을 방해할 수는 없었다. 아마 그때부터였을까? 우리는 종종 동네 어른들에게 "미쳤다"는 소리를 들었다.

#신촌 대학가
#맵다 매워
#시위하던 대학생들도
#진압하던 경찰들도
#우리에겐 모두
#언니오빠들
#양치는 안 했지만
#가방 속엔 늘 치약
#인디언놀이

운 동 회 날

—

가을이 되면 커다란 운동장에 만국기가 펄럭였다.

학년별로 꼭두각시춤, 매스게임, 부채춤과 기마전 등을 연습하고 청군, 백군 두 팀으로 나누어 콩주머니 던지기와 달리기 등도 연습했다.

우리는 뜨거운 햇빛이 내리쬐는 모래 운동장에서 선생님의 호루라기 소리에 맞추어 무용 연습을 했다. 누구를 위한 운동회인지 모를 만큼 고된 연습 시간이었지만 우리가 준비한 무용을 보고 뿌듯해하실 부모님을 생각하며 열심히 구슬땀을 흘렸다.

운동회 날, 남학생들은 문방구에서 파는 파란색이나 흰색 모자를, 여학생들은 고무줄에 매달린 머리띠를 착용하고 예행연습 한 대로 운동장 옆 스탠드에 학년별, 반별로 모여 앉았다.

귀여운 1학년의 꼭두각시춤을 시작으로 각 학년이 준비한 한국무용이나 부채춤, 리듬체조, 줄다리기, 전차놀이, 콩주머니 던지기 등이 끝나면 부모님들을 만나 함께 점심을 먹는 시간이 주어졌다.

김밥, 삶은 달걀, 사이다, 각종 과일, 과자, 초콜릿. 엄마는 친하게 지내시는 동네 아주머니들과 함께 앉아 돗자리 위에 한 상을 차려놓고 우리를 맞이했다. 분홍 소시지가 들어간 김밥은 소풍이나 운동회 날 먹는 최고의 음식이었다. 한 판을 삶은 듯 바구니에 소복이 쌓인 흰색 달걀도 운동회에 빠질 수 없는 메뉴였다. 우리는 김밥을 입안에 우겨넣고 다른 친구들의 돗자리로 옮겨 다니며 다양한 종류의 김밥과 음식을 맛보았다.

점심시간이 끝났다는 안내 방송이 나오면 운동회의 하이라이트, 달리기가 시작되었다. 내 차례가 아니어도 가슴이 두근거리던 달리기 시합.

'탕' 하는 화약 소리와 함께 흰 연기가 출발선에서 피어오르면 모래바람을 일으키며 청군과 백군이 달리기 시작했다.

"청군 이겨라!"

"백군 이겨라!"

우리는 응원단장을 따라 온갖 종류의 응원가를 목이 쉬도록 불렀다.

드디어 내 차례. 아빠는 점심시간 전 부모님 달리기 대회에서 1등을 하고 받은 빨랫비누를 자랑스럽게 들어 보이시며 공부는 1등이 아니어도 되지만 달리기만큼은 무조건 1등을 해야 한다고 말씀하셨다.

두근두근, 심장이 가슴 밖으로 튀어져 나올 듯 세차게 뛰었다. 응원석에서 외치는 소리가 점점 들리지 않는 진공 상태에 접어든 순간, 출발을 알리는 총소리에 다리가 먼저 튀쳐나갔다. 조금씩 정신을 차리고 내 의식보다 먼저 나아가는 다리를 따라 달리다 보니 까마득히 멀리 보였던 결승선 테이프가 바로 눈앞에 나타나 있었다. 그제야 서서히 진공 상태에서 벗어나 주위 소리가 들리고 미친 듯 뛰던 심장소리가 잦아들었다.

결승선에 도착한 순서대로 도장을 찍어주시던 선생님

이 내 손등에도 보랏빛 도장을 찍어주셨다. 1등.

아빠는 빨랫비누를, 나는 부상으로 받은 공책을 들고 집으로 돌아가는 길. 모처럼 기분이 좋은 아빠는 우리 집 가훈을 '달리기는 무조건 1등'이라고 해야겠다며 호탕하게 웃으셨다.

엄마 손을 잡고 우리를 뒤따라오던 남동생은 나와 눈이 마주치자 자신 있게 손을 들어 보였다. 녀석의 손등에도 1등 도장이 선명하게 찍혀 있었다.

#아빠의 기대에 부응하여
#달리기는 무조건 1등
#내 별명은 그리피스 조이너
#운동회의 꽃은
#이어달리기
#계주
#가슴 떨리던 마지막 주자
#운동회는 동네잔치

<브이 >, 다이애나, 도노반

WWF

교황 요한 바오로 2세

아카데미 오락실

내 나이를 묻지 마세요

비29

골목 만화방

책 아저씨

리어카 아저씨

황도 통조림

백호부대 이 대위

버스 안내양과 엘리베이터 걸

그 때
그 시절,   그 때
그 사람

〈브이〉, 다이애나, 도노반

—

미스코리아 헤어스타일의 다이애나, 공주님같이 예뻤던 줄리엣, 지구의 용사 도노반, 우리는 외화 드라마 <브이>에 푹 빠져 있었다.

살갗이 벗겨지면 초록색 파충류 피부가 드러나는 다이애나가 가끔씩 생쥐 꼬리를 들어 한입에 꿀꺽하는 장면이 방송되면 학교 앞 문방구에서는 작은 쥐 모형의 장난감이 불티나게 팔렸다. 다이애나처럼 고개를 들어 쥐를 입안으로 넣는 시늉을 하거나 진짜 입안에 넣었다가 빼며 '브이' 놀이에 심취해 있었다.

아이들은 초록색 사인펜으로 팔뚝에 색칠을 하고 다니기도 했고, 외계인들이 입는 어깨가 봉긋한 우주복 비슷한 티셔츠를 입고 나타나기도 했다. 그 무렵 남동생이 가지고 놀던 총이 흔한 권총 모양에서 <브이>에 나오는 빨간 불빛을 뿜는 레이저건 모양으로 바뀌기도 했다.

저녁 6시 10분, <브이>가 방영하는 날이면 식탁 앞에 앉아 밥을 먹는 둥 마는 둥 하며 TV 속으로 빠져들었다. 다이애나가 반쯤 떨어진 초록색 피부를 드러내며 식용 쥐를 먹기 위해 머리 위로 집어 든 흥미진진한 순간, 우리도 덩달아 고개를 뒤로 젖히며 쥐에 감정을 이입해 다이애나의 입속으로 함께 따라 들어가려는 찰나, 엄마가 밥맛 떨어진다며 TV를 끄셨다.

우리는 괴성을 지르며 발악을 했지만 엄마는 꿈쩍도 하지 않으셨다. 제발 다시 틀어달라고 부탁하고 매달려보고 협박도 하고 애원도 해봤지만 엄마는 밥이나 먹으라며 다이애나보다 단호한 태도로 거절하셨다.

결국 동생은 밥을 먹다 말고 숟가락을 내던지며 뛰쳐나갔다. 녀석의 공식적인 첫 가출이었다.

#단호박 엄마
#내 인생 첫 미드
#지구를 침략한 파충류 외계인
#기필코 지켜야 하는 지구

173

그때 그 시절, 그때 그 사람

W W F

—

AFKN, 채널 2번.

위성 TV도, 케이블도 없던 그 시절, 한 시간짜리 레슬링 프로그램을 보기 위해 나와 동생은 토요일 오후만을 기다렸다.

하얀 콧수염과 두건이 인상적이던 헐크 호건, 키메라처럼 화장을 하고 나타나던 워리어, 팬티를 입고 나타나 엉덩이를 돌리던 하트, 가끔 돈을 뿌리기도 했던 달러맨, 들고 나온 기타를 무기로 쓰던 홍키통키맨, 경찰관 복장의 빅보스맨, 큰 뱀을 들고 등장하던 스네이크맨, 시커먼 가죽옷을 입고 나오던 언더테이커……. 레슬러들이 화려한 복장과 엄청난 기술로 링 위를 꽉 채우는, 묘기에 가까운 경기를 보는 것이 좋았다.

어떻게든 이기기만 하면 된다는 치사한 악당들이 갖가지 권모술수로 이길 뻔하지만, 결국엔 정정당당하게 승부하는 정의의 우리 편이 이긴다는 권선징악적 뻔한 메시지를 담은 경기였지만 헐크 호건과 워리어가 등장할 때면 링 위에서 그들과 함께 뛰는 듯 가슴이 울렁거렸다.

특히 나와 동생은 경기를 자세히 보고 기술을 눈으로 익혀야 했기에 더욱더 시합에 열중했다. 토요일 저녁, 방 안에 엄마가 이불을 깔아주시면 낮에 보았던 각종 레슬링 기술을 써먹느라 바빴기 때문이다.

'엘보 어택(팔꿈치 공격)'을 즐겨 하던 동생과 달리 나는 '4자 꺾기(상대의 다리를 4자 모양으로 접고 그 사이에 자신의 다리를 넣어 꺾는 기술)'를 즐겨 했는데 이 기술이 먹혀 동생이 항복을 외치는 그 순간이 그렇게 짜릿하고 즐거울 수가 없었다. 그러나 환희의 순간은 오래가지 않았다. 순식간에 난장판이 된 이부자리를 보고 언더테이커보다 더 무서운 표정으로 엄마가 달려와 나와 동생의 등짝을 수도 없이 '찹(손바닥이나 손

등으로 찰지게 가격하는 기술)' 했기 때문이다.

엄마는 레슬링을 좋아했다.

#엄마가 레슬링 선수인 줄
#딱 봐도 우승감
#최소 우승 후보
#남녀노소 인기 많은 프로레슬링
#짜고 치는 고스톱
#알아도 흥미진진
#정의는 우리 편

교황 요한 바오로 2세

—

우리 국민학교는 시청 가는 길목 대로변에 있어서 크고 작은 행사가 있을 때마다 도로에 나가 만국기를 흔들어야 했다.

86아시안게임이나 88올림픽 같은 국가적 행사는 물론이고, 우리나라에 국빈이 방문할 때마다 태극기와 해당 나라의 국기를 하나씩 나누어 들고 요란하게 환영의 인사를 건넸다.

사실 누가 오는지도 잘 몰랐다. 선생님이 나누어주시는 플라스틱 막대기에 매달린 국기를 들고 있다가 사이렌을 울리며 달리는 오토바이 뒤로 검은색 차량이 지나가면 "와아" 하는 함성과 함께 기계적으로 국기를 흔들었다.

언제 지날지도 모르는 차량의 행렬을 기다리며 추우면 춥다고, 더우면 덥다고 투덜댔지만 교실에서 수업을 받고 있어야 할 시간, 친구들과 함께 학교 밖으로 탈출했다는 사실만으로 우리는 신나 있었다.

"오늘은 누가 지나가요?"

"교황 바오로 2세!"

호기심 많은 친구들이 교황이 뭐냐, 어느 나라 대통령이냐, 2세면 아들이 오는 것이냐, 1세와 3세는 어디에 있느냐, 질문을 쏟아냈다. 마침 성당에 다니는 선생님께서 교황에 대해 상세히 설명을 해주셨다. 그리고 교황 바오로 2세의 사진이 코팅된 책받침을 나누어주셨다. 우리는 한 손에는 교황의 사진을, 또 다른 손에는 태극기를 들고 그가 나타나기를 기다렸다.

이윽고 멀리서 사이렌이 울리고 교황을 태운 커다란 차가 천천히 다가왔다. 기다랗고 네모난 유리 상자 안에서 희고 긴 옷을 입은 교황이 손을 흔들고 있었다. 좌우로 고개를 돌릴 때마다 작고 앙증맞은 모자가 떨어지지 않고 머리에 붙어 있는 것이 신기했다.

우리는 넋을 잃고 교황을 바라봤다. 외국인을 실제로 보는 것도 처음이었지만, 저런 유리 상자 속에 사람이 들어가 있는 걸 보는 것도 처음이었다. 데이비드 카퍼필드의 마술 쇼를 제외하곤 말이다.

유리 상자 안에서 인자하게 웃고 있는 교황의 얼굴에서 빛이 나는 것처럼 보였다. 사람에게서 '오라'를 처음 느껴본 순간이었다.

그날 저녁, 공항에 도착해 땅바닥에 입을 맞추는 교황의 모습이 뉴스에서 흘러나왔다. 그 장면이 뇌리에 박혀 오랫동안 잊히지 않았다.

2005년 4월, 뉴스를 통해 요한 바오로 2세의 선종 소식을 들었다. 거대한 스노우볼 같은 유리 상자 안에서 손을 흔들던 교황의 모습이 다시 떠올랐다. 로빈 윌리엄스가 연상되는 동그란 코와 늘 웃고 있는 눈. 하늘 어딘가에서도 그렇게 웃는 얼굴로 우리를 향해 손을 흔들고 있을 것만 같아 한참 동안 하늘을 올려다보았다.

#그의 마지막 유언
#나는 지금 행복합니다, 여러분도 행복하세요
#처음 만난 외국인
#당신도 행복했기를

아 카 데 미 오 락 실

—

학교 앞 아카데미 문방구 옆에 아카데미 오락실이 생겼다.

문방구 앞 작은 목욕탕 의자에 옹기종기 모여 앉아 오락
을 하는 건지, 자리싸움을 하는 건지 신경전을 벌이기에 바
빴던 친구들은 이제 더 이상 쪼그려 앉아 게임을 하지 않아
도 되는 커다란 최신식 오락기에 온통 정신이 팔렸다.

형형색색의 물방울들이 땅에 닿기 전에 모두 터트려 없
애야 하는 팡팡, 쏟아져 내리는 도형들을 차곡차곡 쌓아 없
애는 테트리스, 병아리를 구출해야 하는 뉴질랜드 스토리,
귀여운 공룡들이 뿜어내는 물방울에 괴물들을 가두고 터트

리는 보글보글, 당근을 먹으며 뱀과 압정을 피해 다니는 너구리, 동생을 두들겨 패고 싶을 때 녀석과 함께 하는 2인용 파이널 파이트.

오락실에만 가면 눈과 귀를 사로잡는 화려한 그래픽과 컴퓨터 사운드에 둘러싸여 현실 저 너머, 마치 우주 속 블랙홀에 빠진 듯 시간 가는 줄 몰랐다. 골목길을 채우며 말뚝박기를 하고 짬뽕을 하던 친구들도 어느새 오락실 구석구석을 채우고 있었다.

아이들이 죄다 오락실로 몰려드니 아이들을 괴롭히는 언니, 오빠들도 오락실을 서성거렸다. 무스로 앞머리를 닭벼슬마냥 세우고 다니던 언니들, 침을 희한하게 모아서 벌새처럼 뱉던 오빠들을 처음 본 곳도 이곳 아카데미 오락실이었다.

동전만 생기면 오락실로 달려가던 남동생은 게임에 정신이 팔려 한 달 치 바이올린 레슨비가 들어 있는 학원 보조 가방을 잃어버렸다. 기필코 가방을 되찾겠다며 학원에 가야 할 시간마다 오락실을 찾았지만 사실 진짜 목적은 그게 아니었다. 녀석은 오락실 바닥을 기어 다니며 가방이 아니라 떨어진 동전을 찾아 헤맸다.

가끔씩 오락실에 들어와 아이들을 단속하시는 학교 선생님과, 자와 철사, 넓게 핀 10원짜리 동전으로 불법 행위를 서슴지 않는 아이들에게 꿀밤을 날리시던 오락실 주인아저씨가 무섭기는 했지만 아카데미 오락실의 열기는 쉽게 가라앉지 않았다.

아, 그때부터 우리에게 생긴 습관이 하나 있다. 동네 자판기나 공중전화기의 거스름돈 나오는 구멍에 손가락을 넣어 혹시 찾아가지 않은 동전이 있나 확인하는 일.

#100원짜리
#동전이 필요해
#틀린 그림 찾기
#보글보글
#테트리스
#끝판왕

내 나이를 묻지 마세요

—

우리 집 근처에 큰 대형마트가 생겼다.

도로 앞 나무에서부터 가게 입구까지 빼곡하게 걸린 만
국기가 바람이 불 때마다 요란한 소리를 내며 흔들렸다.
'인기 탤런트 길용우 사인회'
마트 사장님의 지인이라고 소문난 탤런트 길용우 아저
씨가 개업식에서 사인회를 연다는 포스터가 마트 개업 몇
주 전부터 동네 곳곳에 붙어 있었다. 그 밑에는 개업 선물로
바가지 3종 세트를 준다는 홍보 문구도 조그맣게 쓰여 있었
는데, 동네 아주머니들은 그 글에 더 관심을 보이는 듯했다.

개업식 날, 엄마의 손에 이끌려 새로 생긴 마트 구경을 갔다. 가지런히 정리되어 있는 물건, 시원하게 냉기가 뿜어져 나오는 냉장고, 예쁘게 진열되어 있는 과일들이 뭔가 고급스럽긴 했지만 시장에 길들여진 내게 마트의 세련된 풍경은 이질적으로 느껴졌다.

계산대 옆에는 바가지 3종 세트가 천장까지 쌓여 있었다. 엄마는 그것을 받기 위해 장 볼 물품에 적혀 있지도 않은 물건들을 바구니에 담기 시작했다. 내 생각에는 바가지를 따로 사는 것이 훨씬 합리적일 것 같았지만 굳이 입 밖으로 꺼내어 엄마의 심기를 건드리는 일 따위는 자초하지 않았다.

바가지 3종 세트 옆에는 사인지가 준비되어 있는 테이블이 놓여 있었다. 길용우 아저씨는 아직 도착하지 않은 모양이었다.

나는 엄마 손을 놓고 마트 구석구석을 홀로 여행했다. 상상놀이를 좋아했던 나는 얼마 전 일본을 다녀와서 여행담을 늘어놓던 고모의 이야기를 떠올리며 도쿄 어딘가에 있는 가게에 들어간 듯 상상에 빠져 요상한 일본말을 흉내 내며 마트를 휘젓고 다녔다.

그때 마트 이름이 새겨진 미스코리아 어깨띠 같은 것을 메고 있는 익숙한 얼굴의 아저씨가 나타나 나를 번쩍 안아 올렸다. 인기 탤런트 길용우 아저씨였다. 사인회 시간보다 일찍 도착해 마트를 돌며 손님들에게 인사를 건네다가 알 수 없는 말을 중얼거리며 돌아다니는 웃긴 나를 발견하고 귀엽다며 들어 올렸던 것이다.

바구니에 이것저것 정신없이 담고 있던 엄마는 무슨 대단한 사건이 일어난 것마냥 호들갑을 떨며 우리 앞에 섰다. 그리고 나를 아는 아주머니들도 이게 웬일이냐고 박수를 치며 즐거워하셨다.

아저씨는 나를 안은 채 몇 살이냐고 물으셨다. 대답이 없자, 내게 정말로 하지 말아야 할 질문을 날리셨다.

"일곱 살? 여덟 살?"

내 얼굴은 순식간에 벌겋게 달아올랐다. 창피함에 차오르는 눈물을 간신히 삼키고 있었는데 눈을 깜빡하는 순간 눈물이 한 방울 '툭' 하고 떨어졌다. 놀란 아저씨가 나를 얼른 바닥에 내려놓으며 '아이가 놀랐나보다'고 내가 아닌 엄마한테 사과를 건넸다. 엄마는 내가 쑥스러워 그런다고, 괜찮다고, 하지 않아도 될 구구절절한 핑계와 변명으로 졸지에 나를 부끄러움과 눈물이 많은 여자아이로 만들었다.

엄마는 내 눈물 덕에 바가지 3종 세트를 두 개나 받아 동네 아주머니들의 부러움을 한 몸에 받았다. 내 손에는 원치도 않는 길용우 아저씨의 사인지가 들려 있었다.

내가 운 건 놀라서도, 부끄러워서도 아니었다. 아저씨에게 번쩍 들어 올려진 무기력한 내게 짜증이 났다. 그리고 무엇보다 결정적인 건 당시 나는 무려 열세 살, 6학년이었다는 사실이다!

#땅꼬마 시절
#울어서 미안해요 아저씨
#지금은 무럭무럭 자라
#170cm
#훗

그때 그 시절, 그때 그 사람

비29

—

나의 어린 시절을 한 가지 맛으로 표현해보라면 단연 카레 맛이다.

내 인생 과자, '비29'. 노란색 과자가 슬쩍 보이는 투명한 봉지를 열면 퍼지는 카레 향에 코가 즐겁고, 권투 글러브 모양의 통통한 과자를 한 입 베어 물면 입안 가득 퍼지는 카레 맛에 입이 즐거웠던 과자. 침이 닿으면 금방 녹아버리는 통에 다 먹고 나면 이빨도, 손가락도 모두 끈적한 노란 카레 맛으로 변했다.

늘 나를 행복하게 만들어주던 비29. 노랗고 짭조름한

행복을 알게 해주었던 그 과자가 어느 날 갑자기 사라져버리고 말았다.

식감이 비슷한 바나나킥에 라면 스프를 뿌려 먹어도, 카레 가루를 뿌려 먹어도 비29의 맛은 재현해내지 못했다. 계속해서 기다리고 고대해봤지만 비29는 그렇게 내 곁을 황망히 떠나가버렸다.

그러나 노란 맛의 행복을 그리워하는 사람은 나뿐만이 아니었다. 누군가 인터넷에 '카레 맛 과자 비29의 재생산을 바라는 카페'를 만들었고, 우연히 알게 된 나도 그 일원으로 열심히 농심에 비29를 다시 만들어달라고 질척거렸다.

카페 개설 2년 만인 2009년, 드디어 근 20여 년 만에 비29를 다시 맛볼 수 있게 되었다. 나는 마트를 돌아다니며 과자를 사재기했고 급기야 박스째 구입해 방 안에 쌓아두었다. 카페 회원들은 구입 경로를 서로 공유하고 다시 만나게 된 비29의 믿을 수 없는 기적을 기쁜 마음으로 함께 나누었다.

그러나 카레 맛 기쁨은 그리 오래가지 않았다. 비29는 어린 시절 그랬던 것처럼 다시 소리 소문 없이 사라졌다. 카페 회원들은 아쉬워했지만 예전처럼 적극적으로 과자 회사에 재생산을 요구하지 않았다.

그 시절 우리가 먹었던 그 비29의 맛이 아니어서였을까? 우리가 절대 돌아갈 수 없는 그 시절처럼 말이다.

#그리운
#카레 맛 과자
#농심
#한 번 더, 짝!
#한 번 더, 짝!

골목 만화방

—

오락실이 시시하게 느껴질 즈음 동네 골목길 끝에 만화
방이 생겼다.

사방에 만화책이 잔뜩 꽂혀 있고, 크고 푹신한 가죽 소
파가 책장 사이사이에 가득 놓여 있었다. 만화책 한 권에 50
원, 전화번호부만큼 두꺼운 월간 잡지 <르네상스>나 <보물
섬>은 100원.
작은 밥공기에 소복이 담겨 나오는 떡볶이와 기름에 튀
겨주거나 연탄불에 구워주는 월드컵 쥐포, 달랑 두 개뿐인
단출한 메뉴였지만 간식거리도 함께 팔던 골목길 만화방은

금세 우리의 새로운 놀이터가 되었다.

여전히 우리 동네 부동의 인기 순위 1위는 아카데미 오락실이었지만 버튼 하나 잘못 누르면 1분도 채 못 버티고 끝나는 허무한 모험보다는 같은 돈에 꽤 합리적으로 시간을 보낼 수 있는 만화방이 나와 여자 친구들에게는 훨씬 더 매력적이었다.

감수성을 자극하던 황미나, 강경옥의 순정만화들, 이현세의 만화책으로 먼저 배운 야구와 신문에서만 보던 꺼벙이 시리즈, 구영탄이 주인공인 <요절복통 불청객>을 시작으로 <드래곤볼>, <슬램덩크> 등 쉽게 접하지 못했던 일본 만화도 볼 수 있던 추억의 만화방.

간판도 없이 출입문에 '만화' 두 글자만 쓰여 있던 유리문을 열고 들어가면 마냥 꿈꿀 수 있었던 또 다른 세계. 나는 그곳에서 푸르매를 기다리는 이슬비도 되었다가, 까치를 응원하는 엄지도 되었다가, 강백호 대신 정대만을 응원했다가, 손오공을 따라 드래곤볼을 찾으러 떠나기도 했다.

시간제한도 없고 친구와 함께 보아도, 또는 바꿔 보아도 눈치는커녕 가끔씩 서비스로 월드컵 쥐포를 쥐어주시는 마음씨 좋은 주인아주머니가 계시던 우리 동네 만화방.

만화의 인기가 점점 시들해지고 만화책 대신 비디오테이프가 책장을 메우며 결국 만화방이 비디오대여점으로 바뀌기 전까지 나는 그곳의 각종 혜택을 제일 먼저 받는 VIP 단골손님이었다.

#꺼벙이
#외인구단
#먼나라 이웃나라
#인어공주를 위하여
#굿바이 미스터 블랙
#BLUE
#엘리오와 이베트
#드래곤볼
#슬램덩크

책 아 저 씨

—

책을 팔러 다니는 외판원이 있었던 시절, 007가방에 팸
플릿을 잔뜩 넣고 다니던 아저씨가 아줌마들 서너 명을
모아놓고 책을 팔았다.

브리태니커 백과사전, 위인 전집, 전래 동화, 창작 동화
부터 클래식 카세트테이프와 영화 음악 시리즈, 외국 팝송
경음악 시리즈까지. 아이들의 나이에 따라 각각 책을 추천
해주고, 아이들이 다 컸거나 없는 집에는 음악 테이프를 팔
았다.

전집이 하나쯤은 있어야 아이들이 훌륭하게 크고, 자고

로 교양 있는 집에는 클래식 음악이 흐른다는 아저씨의 말을 듣고 있으면 이미 훌륭한 아이가 된 듯 어깨가 으쓱해지기도, 집 어딘가에서 피아노 선율이 들리는 것 같기도 했다.

우리 집에는 주황색 표지가 인상적인 삼성 출판사의 위인 전집과 흰색 하드커버의 에이브 전집이 등장했다. 음악을 좋아하던 엄마는 영화 음악 시리즈 테이프도 들이셨다.

에이브 전집 중 《아이들만의 도시》를 처음으로 꺼내 읽었던 그 순간을 기억한다. 몸의 온 신경이 책 속으로 흠뻑 젖어 빠져들었던 첫 경험.

아이들의 장난을 고쳐주고자 마을을 떠난 어른들, 순식간에 엉망진창이 된 마을을 수습하고자 애쓰는 아이들의 이야기가 어찌나 흥미진진한지 순식간에 매료되어 몇 번이고 읽고 또 읽었다. 《그때 프리드리히가 있었다》, 《작은 바이킹》, 《60명의 아버지가 있는 집》, 《초원의 집》, 《얀》, 《마지막 인디언》 등등 한동안 에이브 전집에 푹 빠져 살았다. 이제껏 알지 못했던 놀이의 또 다른 카테고리가 생기는 순간이었다.

할부로 산 책과 테이프는 한 달에 한 번 아저씨가 와서 돈을 직접 받아 가거나 신문지 속에 지로용지 형태로 함께 배달되었는데, 책을 다 읽을 즈음 책 아저씨는 기가 막히게 알고 새 책의 팸플릿을 들고 등장하셨다. 그리고 또 다른 솔깃한 레퍼토리로 엄마와 우리의 호기심을 단박에 끌어냈다.

웃돈을 조금 주면 다 읽은 책을 새 책으로 바꿔주시는 아저씨의 영업 전략으로 책은 그렇게 종종 바뀌었다. 그러나 카세트테이프는 다시 사지도, 새것으로 바꾸지도 않았다.

고급스러운 플라스틱 케이스에 하나씩 꽂힌 카세트테이프에는 세계 유명 영화의 다양한 주제곡이 들어 있었지만 노래를 부르는 사람은 달랑 한 명뿐이었다. 그리고 테이프 순서대로 한 번에 죄 녹음을 했는지 뒤로 갈수록 목소리가 탁해지는 것이 느껴질 정도였다. 테이프 A, B 면을 다 들으면 엄마의 한탄 섞인 목소리가 들려왔다.

"아이고, 저 사람 목 쉬겠다, 쉬겠어!"

#내 상상력의 원동력
#에이브 전집
#다시 읽고 싶어라
#해적판 도서

리어카 아저씨

—

리어카에 뻥튀기 기계를 싣고 다니며 쌀, 말린 옥수수,
콩 등을 튀겨주시던 뻥튀기 아저씨가 동네에 나타나면
아이들은 모아둔 빈 병과 찌그러진 냄비, 구멍 난 신발
등을 가져가 뻥튀기 한 바가지와 바꿔 먹었다.

가끔 멀쩡한 그릇이나 가방, 옷을 들고 나오는 아이들도
있었는데 아저씨는 그것이 받아도 되는 물건인지 아닌지 단
박에 알아채셨다.
"뻥이요!"
뻥튀기 리어카가 나타나면 항상 귀를 기울여야 했다. 언

제 터질지 모르고 방심하고 있다가는 심장이 덜컹 내려앉기 일쑤였다. 하얀 연기와 함께 고소한 뻥튀기 냄새가 골목을 가득 채울 때 우리는 집 안으로 뛰어 들어가 고물을 찾느라 바빴다. 아저씨가 등장하면 고물은 이내 보물이 되었다.

'딸랑딸랑!'

두부와 막걸리를 리어카에 싣고 오는 아저씨는 종을 치고 다니셨다. 종소리 끝에 "두부우, 막걸리이" 하는 아저씨 특유의 목소리가 들리면 엄마는 커다란 두부 한 모와 막걸리를 사서 아빠의 술상을 만들어주시곤 했다. 가끔 콩비지라도 얻는 날엔 김치와 돼지고기가 잔뜩 들어간 칼칼한 콩비지찌개도 저녁상에 올라왔다.

"대관람차 왔어요!"

말 아저씨가 한 달에 두어 번 동네에 오셨다면, 관람차 아저씨는 한 달에 한 번 만나기도 쉽지 않았다. 리어카에 싣고 다니며 손으로 직접 돌려주시던 관람차는 부실한 안전장치와 삐걱거리는 소리 때문에 스릴 만점이었다. 아저씨가 함께 파는 생강엿이나 왕사탕을 입에 물고 작은 의자에 앉아 있으면 우리 집 커다란 라일락 나무 끝도 볼 수 있었고, 언덕 교회 지붕 위에 떨어진 신발 한 짝도 볼 수 있었다.

"사진, 사진!"

리어카 가운데 합판을 세우고 양쪽에 다른 그림, 다른 장식을 한 이동식 사진관이 등장하면 첫 번째 생일을 맞이한 동네 아기들이 예쁜 한복을 입고 리어카 의자에 앉아 돌 촬영을 했다. 뒤에는 이국적인 풍경의 산과 나무 그림이, 앞에는 촌스러운 색깔의 조화들이 잔뜩 놓여 있었는데 일단 사진을 찍고 보면 그것이 그다지 튀지 않으면서도 묘하게 잘 어울렸다.

아가들의 촬영이 끝나면 아저씨는 리어카를 반대 반향으로 돌려 다른 그림을 배경으로 촬영 준비를 시작하셨다. 돌 촬영 배경은 크게 변화가 없었던 반면 뒷면은 금강산, 덕수궁, 배가 떠 있는 호수, 유원지, 에펠탑이 서 있는 공원 등으로 자주 그림이 바뀌었다.

카메라가 있는 집이 드물고 사진관에 갈 시간도, 형편도 넉넉지 않았던 시절, 아저씨가 찍어주는 사진은 유일한 돌 사진이 되고 가족사진이 되었다. 나도 그곳에서 돌 촬영을 했고 명절에는 고모, 삼촌들과 기념사진을 찍었다.

언덕 끝 길가에 있어 리어카를 몰고 다니던 아저씨들이 자주 숨을 고르며 쉬어가던 우리 집 계단. 나는 엄마의 심부름이나 아저씨들의 부탁으로 가끔 물을 가져다드렸는데, 아저씨들은 한 번에 물을 쭉 들이켜시고 조금 남은 물은 바닥에 털어내며 모두 똑같이 말씀하셨다.

"아이고, 시원하다."

말 아저씨, 뻥튀기 아저씨, 두부 아저씨, 과일 아저씨, 생선 아저씨, 계란 아저씨, 칼 갈아요 아저씨, 고물 아저씨 모두 한결같이 말씀하시곤 목에 건 수건으로 이마에 묻은 땀을 닦아내며 다시 언덕 윗길을 오르셨다.

가끔은 아저씨들의 리어카를 뒤에서 밀기도 했다. 힘센 아저씨들을 쫓느라 종종 리어카에 매달리기도 했던 내가 도움이 됐을 리 없겠지만 아저씨들은 약속이나 한 듯 또다시 똑같은 말씀을 내뱉으셨다.

"아이고, 가볍다."

#그 많던 리어카는
#다 어디로 갔을까

그때 그 시절, 그때 그 사람

황도 통조림

—
내가 아프면 아빠는 퇴근길에 황도 통조림을 사오셨다.

남색 펭귄 얼굴과 먹음직스러운 복숭아가 그려져 있는 깡통 통조림. 아빠는 갈고리처럼 생긴 캔 따개로 깡통 입구를 꾹꾹 눌러 조심스럽게 뚜껑을 따고 불룩하게 나뭇잎 모양이 새겨진 투명한 유리그릇에 와르르 쏟아부으셨다. 가끔씩 캔 조각이 떨어지기도 해서 우리는 매의 눈으로 그릇에 옮겨지는 황도를 뚫어져라 살펴보았다. 온 방을 채우는 달콤한 냄새. 감기 시럽 향과 비슷한 향기가 났던 황도 통조림.
엄마가 반쪽짜리 복숭아를 자르기가 무섭게 입으로 가

져가면 손목을 타고 흘러내려가는 끈적한 복숭아 국물이 감기를 다 빼앗아가는 것만 같았다. 그 맛이 그리워 일부러 아픈 척을 할 때도 아빠는 가끔씩 속아주며 퇴근길에 황도 통조림이나 물컹한 포도알이 가득 찬 포도 통조림, 하얗고 몰랑몰랑한 복숭아가 가득한 백도 통조림을 사 들고 오셨다. 하지만 누가 뭐래도 아플 땐 역시 황도 통조림이 최고, 이만한 약이 따로 없었다.

몇 해 전, 꼬리뼈를 다쳐 입원해 계신 아빠를 보러 병원에 간 적이 있었다. 병원 앞 편의점에서 아빠가 좋아하실 만한 주전부리를 고르고 있는데 별안간 그 생각이 났다. 우리 집 만병통치약. 예전처럼 투박하고 광이 없는 주름진 황도 통조림은 보이질 않았다. 대신 매끈하고 반짝이는 알루미늄 캔에, 따개 없이도 딸 수 있는 원터치 캡을 장착한 고급스러운 황도 통조림이 브랜드별로 정갈하게 진열되어 있었다.

아빠의 그때 그 마음을 생각하며 나도 황도 통조림 하나를 집어 들었다. 예전처럼 귀하지도 않고, 건강에 그다지 좋을 리도 없겠지만 나는 알았다. 아빠도, 또 나도 이 통조림을 보는 것만으로도 마음의 통증이 가시리라는 것을. 이제는 아픈 아빠를 위해 내가 사간다. 황도 통조림, 우리 집 만병통치약.

#펭귄표
#아빠가 없으면 못 먹는 통조림
#따개가 있어도 어려워
#복숭아는 역시 황도
#과일은 역시 통조림

그때 그 시절, 그때 그 사람

백 호 부 대 이 대 위

—

우리는 백호부대 군인 아저씨들에게 위문편지를 쓰고
위문품을 보냈다.

백호부대가 어디 있는지도 모르고 어떤 군인이 쓰는 것
인지도 몰랐지만 때마다 손톱깎이, 박하사탕, 바셀린, 껌, 로
션, 은단, 치약, 칫솔 등을 사서 위문품을 보냈고 '국군장병
아저씨께'라고 시작되는 위문편지도 보냈다. 내용은 대동소
이했다. 나라를 지켜줘서 고맙다, 얼마나 힘드시냐, 아저씨
들 덕분에 우리가 발 뻗고 편히 잠을 잔다, 제대까지 몸 건
강히 잘 지내시라 등등.

학교에서 일괄로 보내는 것이라 봉투에 주소를 적지 못하게 했지만 가끔 편지지에 본인의 주소를 써서 국군장병 아저씨께 답장을 받는 아이도 있었다. 우리 반 혜은이도 그랬다. 형식적인 인사말로 가득 채운 편지 끝에 장난삼아 주소를 적어 넣었는데 답장이 온 것이었다.

백호부대 이 대위. 동그랗고 예쁘게 기울어진 반듯한 글씨체에 정성이 가득 담긴 편지. 아이들은 이 대위의 편지를 보고 분명히 얼굴도 잘생겼을 것이다, 키도 클 것이다, 제복이 잘 어울리는 멋진 남자일 것이다라며 상상의 나래를 펼쳤다.

나는 혜은이의 부탁으로 이 대위에게 답장을 썼지만 그 편지는 우리 반 모든 여학생들의 공동 작업물이었다. 아이들이 경쟁하듯 뱉어내는 문장들을 나열해 적기만 하면 어느새 편지지가 가득 채워졌다. 그렇게 몇 개월간 우리 반 여학생들과 이 대위의 펜팔이 이어졌다. 혜은이는 어느새 이 대위의 아내가 되어 군인의 아내가 가져야 할 덕목 같은 것들을 친구들에게 설파했다.

몇 번의 편지 끝에 혜은이와 우리 반 아이들은 이 대위의 사진을 얻어냈다. 혜은이가 상상하던 '이 대위'는 평소 그

녀가 흠모하던 '장 클로드 반담'이어야 했다. 훤칠한 키와 검게 그을린 근육질의 잘생긴 군인 오빠. 그러나 혜은이는 더 이상 답장을 쓰지 않았다. 여군이 되겠다고, 그의 부인이 되겠다고 싸우던 몇몇 아이들도 침묵을 지켰다.

상상 속 이 대위는 없었다.

#우리 맘속에서 명예제대
#누구도 쓰지 않았던 답장
#미안해요
#군인 아저씨
#그래도
#아저씨한테 위문품 보내려고
#우리 반 여학생들
#용돈 다 털었어요

버스 안내양과
엘리베이터 걸

—
이사를 가기 전 미리 전학을 가는 바람에 한동안 버스를
타고 통학을 해야 했다.

달랑 세 정거장만 이동하면 되는 짧은 거리였지만 출근
시간과 등교 시간이 겹친 아침 시간의 버스는 '콩나물시루'
라는 별칭답게 정신없고 무섭고 사나웠다.
　유난히 작았던 나는 늘 버스 안내양의 도움을 받았다.
앞문에 차례로 줄 서 있으면 뒷문에 아스라이 매달려 있던
언니가 내려와 내 몸집보다 큰 쓰리세븐 가방을 메고 있는
나를 가방째 들어 올려 뒷문에 실어주었다.

뒷문 손잡이를 한쪽 발로 감싸고 "오라이!"를 외치던 멋진 버스 안내양 언니. 그녀는 내가 아는 사람 중에서 가장 많은 동전을 한 손에 잡을 줄 아는 사람이었다.

가끔 엄마를 따라 명동에 있는 백화점 구경을 가면 근사한 모자와 멋진 투피스 정장에 뾰족 구두를 신고 있는 언니를 만날 수 있었다. 일명 '엘리베이터 걸'.

그녀는 엘리베이터에 타고 내리는 사람들을 위해 문을 잡아주고, 층수가 표시된 단추를 눌러주었다. "오라이!"를 외치던 씩씩한 버스 언니와 달리 엘리베이터 언니는 다소 낮고 차분한 어조로 "올라갑니다", "내려갑니다"라는 말을 특이한 손짓을 곁들여 했다.

친구들이 엘리베이터 걸 언니를 흉내 내며 놀 때 나는 버스 안내양 언니를 따라 했다. 난 씩씩한 버스 안내양 언니가 더 좋았다. 나를 번쩍 들어 올려 버스에 태워주는 언니가, 차를 툭툭 치며 기사 아저씨에게 출발 신호를 주는 언니가 훨씬 더 멋져 보였다. 버스에 벨이 생기고, 회수권과 토큰이 생기면서 어느샌가 사라져버린 안내양 언니들. 그땐 차마 하지 못했던 말을 이제야 전해본다.

"정말 고마웠어요, 언니들!"

#추억행 버스에 올라탈 사람
#그 시절이 그리운 사람
#얼른 올라타세요
#오라이

믿거나 말거나,

추억의 전썰

종 이 학 의 전 설

—

<응답하라 1988>에서 로맨티스트 순정파 정봉이는 미옥이 생일 선물로 천 개의 종이학을 접어 줬다.

종이학을 천 마리 접으면 진짜 학이 되어 날아가 그 소원을 들어준다는 종이학의 전설. 윤상을 좋아하던 은영이도 종이학을 접었고, 서태지를 좋아하던 유리도 종이학을 접었다. 딱히 꿈이 없었던 은주는 천 개를 다 접을 즈음이면 무언가 소원이 생길 거라며 습관적으로 종이학을 접었다.
군대 간 애인을 기다리던 옆집 언니도 접었고, 대학 가서 다시 만날 옛 여자 친구를 생각하며 앞집 오빠도 접었다.

종이를 길게 잘라 학 알을 접어 섞어 넣기도 했고, 작고 귀여운 통통한 별을 접어 넣기도 했다(물론 그것들은 천 개의 학에 카운팅 되지 않았다).

어릴 적 우리 집 삼촌과 고모들도 각자의 꿈을 접었다. 못난이 막냇삼촌은 별 모양의 유리병에 종이학을 접어 모았다. 삼촌은 은박의 껌 포장지를 주로 이용했는데 그 때문인지 별 모양의 유리병 끝에 매달린 동그란 코르크 마개를 열면 각종 껌 냄새가 방 안에 가득 퍼졌다.

삼촌의 첫사랑을 알고 있었다. 고모들에게 전달된 종이학의 주인들도 알고 있었다. 예쁜 고모들에게 편지와 각종 선물들을 건네주던 연락책이 바로 나였다. 쉬우면서도 까다롭고 조심스럽고 가끔은 욕도 먹어야 하는 고난도의 심부름을 해내고 나면 사랑방 캔디 한 통, 보름달 빵 몇 개, 작은 플라스틱 칼이 들어 있던 옥수수 빵, 종합선물세트 따위의 보상이 주어졌다.

특히 큰고모를 짝사랑하던, 종합선물세트나 제과점 케이크를 자주 쥐어주던 그분이 나의 고모부가 되기를 소원했다. 그러나 삼촌의 종이학을 받은 그녀도, 고모들에게 애정 공세를 쏟던 그 어떤 분도 나와 가족이 되지는 않았다.

삼촌은 종이학을 들고 나간 날, 밤늦도록 돌아오지 않았다. 다음 날, 또 다음 날도 삼촌의 모습은 보이질 않았다. 엄마는 삼촌이 친구네 집에 놀러 갔다고 했지만 나는 알았다. 삼촌이 접은 천 개의 종이학은 학이 되어 날아가지 못했다는 것을. 그래서 나는 종이학을 접지 않았다. 종이학을 믿지 않았다.

#이루어질 수 없는 소원
#천 마리 학
#아직도 못 접는 종이학
#세상에서 제일 어려운 종이접기
#종이접기 젬병

우정 테스트

—

'쌍쌍바' 나무막대를 친구와 한쪽씩 잡고 동시에 떼었을 때 많이 남아 있는 쪽이 더 많이 좋아하는 것.

살짝 금이 가 있어 나눠 먹기 좋은 과자, '더브러'. 과자 끝을 잡고 동시에 부러트렸을 때 더 많이 남은 쪽이 더 많이 사랑하는 것.

나무젓가락을 한쪽씩 잡고 뜯었을 때 반반씩 깨끗하게 떨어지면 똑같이 좋아하는 것.

친구가 준 '아폴로'를 찌꺼기가 남지 않게 한 번에 쭉 빨아먹으면 100% 참우정.

포도와 딸기, 두 가지 맛의 작은 알갱이 사탕이 들어 있던 '짝꿍'. 동시에 손바닥에 덜었을 때 더 많은 색의 사탕이 나오는 쪽이 더 많이 좋아하는 것.

동그란 종이 원통에 들어 있던 초콜릿, '돈돈'. 흔들었다가 하나씩 손바닥에 덜었을 때 같은 색이 나오면 우리는 영원한 친구.

"좋아한다, 안 좋아한다." 아카시아 이파리를 하나씩 떼어가며 마지막 남은 이파리로 점치기. "아니다, 맞다", "된다, 안 된다", "해야 된다, 말아야 된다" 등으로 변형 가능.

하트를 그리고 그 안에 좋아하는 사람의 이름을 적은 후, 그 사람의 나이 수만큼 샤프심을 눌러 심을 부러트리지 않고 끝까지 색칠에 성공하면 이루어지는 사랑.

내가 널 좋아하는 만큼 너도 날 좋아해주었으면 하는 순수한 마음으로 성행했던 각양각색 우정과 사랑의 테스트.

#단짝
#짝수
#반으로 나뉘는 것은 뭐든
#단순한 흑백논리

믿거나 말거나, 추억의 전썰

217

요술 잠바

—

우리 반 아이들이 모두 학교 앞 문방구에서 파는 하늘색 체육복을 입을 때 영은이는 색상과 디테일이 조금 다른 세련된 스타일의 체육복을 입었다.

사이즈만 다를 뿐 전교생이 똑같은 것을 신고 다녀 꼭 이름을 적어야 했던 하얀색 실내화도 영은이 것은 달랐다. 누렇고 튼튼해 보이는 밑창이 우리 것보다 더 두꺼웠고, 발등 밴드의 색도 달랐다.

영은이는 발목까지 올라오는 하얀색 리복 운동화를 신고 왼쪽 가슴에 말이나 하마, 악어 등의 작은 상표가 붙어 있는 티셔츠를 입었다. 물음표가 그려진 알 수 없는 청바지나 뒷주머니에 작은 쇠붙이 조각이 붙어 있는 바지도 즐겨 입었는데 그것이 무엇인지, 어떤 상표인지 아는 데에는 그리 오랜 시간이 걸리지 않았다. 영은이가 입거나 신고 다니는 것은 곧 유행이 됐다.

말수가 적고 눈에 잘 띄지 않는 얌전한 영은이가 새 옷을 입고 오는 날에는 전교에서 조금 논다 하는 선후배들이 우리 반에 모여들어 영은이 옷의 목 뒷덜미를 까 상표를 확인하고 어디서 구입했는지 캐물었다.

"엄마가 사오는 거라 나는 잘 몰라."

영어로 된 상표는 그래도 알파벳을 배운 중학생들이라 그럭저럭 읽기도 하고 따라 적을 수도 있었는데, 일본말로 쓰인 상표는 알아낼 길이 없어 옷 여기저기를 만지고 훑으며 귀찮게 하는데도 영은이는 불편한 내색 없이 아이들의 손길에 따라 몸을 이리저리 움직여주었다.

친구들과 뛰어노느라 바빴던 나는 패션에는 도통 관심이 없었다. 쉬는 시간마다 친구들과 복도에 몰려 나가 말뚝박기를 하고, 매점으로 빠르게 달려가기 위해 늘 체육복 바지나 청바지 차림이었다. 영은이가 손수건으로 머리띠를 만들어 매고 알록달록 예쁜 방울이 달린 고무줄로 반묶음 머리를 할 때 나는 검정 고무줄로 머리를 하나로 질끈 묶다가 그나마도 귀찮아 짧게 커트를 했다. 영은이가 멜빵바지, 청재킷, 반스타킹, 대학생 언니, 오빠들이 메는 책가방, 야구잠바, 스노우진 등의 패션 아이템으로 아이들의 시선을 끌때 나는 계절에 따라 길거나 짧아지는 티셔츠와 바지, 딱 그 뿐이었다.

차가운 바람이 불기 시작하던 초겨울, 손목 부분에 시보리가 잔뜩 들어가 있어 잠바를 벗으면 손목에 자국이 선명하던 나의 유일한 빨간 잠바가 세탁기 속에서 터져 운명을 달리했다. 옷깃에 하얀색 양털(처럼 생긴 솜뭉치였을 것이 거의 확실한)이 달린 청재킷에 겨울바람이 묻어 딱딱해져가던 어느 날 엄마가 새 잠바를 사오셨다.

영은이가 가끔 입었던, 알파벳 B자가 가슴팍에 붙어 있는 브렌따노 잠바였다. 시보리 대신 똑딱이 단추가 달리고, 소매와 목 안쪽 부분에는 산뜻한 청록색으로 포인트를 준 빨간색 솜잠바였다.

새 옷을 입고 신이 나 거울 앞에서 떠날 줄 모르는 내게 엄마는 믿을 수 없는 이야기를 해주었다.

"이거 양면 잠바야. 뒤집어 입을 수도 있어."

얼른 잠바를 벗었다. 잠바 소매를 안으로 꺼내 뒤집으니 정말 빨간색 잠바가 청록색 잠바로 변신을 했다. 놀랍게도 지퍼 손잡이 부분이 앞뒤로 움직여 양쪽으로 지퍼가 다 잠겼다.

이 신기한 옷을 학교에 입고 간 날, 나는 쉬는 시간마다 잠바를 뒤집어 입어야 했다. 내 주위로 아이들이 몰려들자 슬쩍슬쩍 나를 쳐다보는 영은이의 시선이 느껴졌다. 왠지 으쓱한 마음이 들어 영은이 앞을 알짱거리기도 했다. 그리고 나의 요술 잠바를 부러워하던 친구들이 하나둘씩 양면 잠바를 사 입고 나타나면서 우리는 누가 더 빨리 뒤집어 입을 수 있나 내기를 하며 쉬는 시간을 보냈다.

어찌나 뒤집어 입고 벗기를 반복했는지 소매가 꼬질꼬질해진 잠바를 빨아 마당에 널고 있던 어느 날, 한껏 차려입고 나온 동생이 내 잠바를 가리키며 물었다.

"이거 안 창피하냐?"

모두가 부러워하는 요술 잠바를 내가 왜 창피해해야 되는 것이냐 물어볼 새도 없이 동생은 대문 밖으로 빠져나갔다. 사라진 동생의 뒷모습 위로 내 잠바가 신기하다며 웃던 아이들의 미소가 오버랩 됐다. 점점 얼굴이 달아올랐다.

나를 따라 요술 잠바를 사 입은 아이들은 늘 나와 매점을 뛰어다니고 말뚝박기를 하던 친구들이었다. 우리가 매점 샐러드 빵을 두고 누가 더 빨리 뒤집어 입나 내기를 할 때 옆에서 깔깔거리며 웃던 아이들 중 우리와 같은 잠바를 사 입은 사람은 한 명도 없었다. 양면으로 오래 입을 수 있어 빨래의 수고를 조금이나마 덜게 된 엄마 말고는 이 신기한 요술 잠바를 더 이상 언급하지 않았다.

등굣길, 한 벌뿐인 빨간 잠바를 입고 걸어가는 나를 밀치며 동생이 지나갔다.

"변신 잠바 입고 가네?"

순간 '변신'이 왜 욕으로 들렸는지 알 수 없지만 나는 온 힘을 다해 동생의 책가방을 끌어당겨 내동댕이쳤다. 가방과 함께 나뒹군 동생은 평소와 다른 심상치 않은 기운을 느꼈는지 대들지 않고 도망가버렸다.

그 무렵 영은이는 어깨에 지퍼가 달린 잠바를 입고 왔다. 옷 솔기로 살짝 가려진 지퍼를 열면 팔 부분이 분리가 되어 잠바가 순식간에 조끼로 변신했다. 연필이나 볼펜 자국이 묻을까봐 소매에 토시를 끼던 아이들은 더러 있었지만 소매 부분을 통째로 떼었다가 집에 가기 전에 다시 붙여 입는 잠바는 처음 본 것이었다. 영은이의 잠바야말로 진짜 요술 잠바였다.

나는 더 이상 잠바를 뒤집어 입지 않았다. 그리고 엄마에게 다른 잠바를 사달라고, 생전 하지 않던 옷 타령을 했다.

#니들이 알아?
#뒤집어 입는 양면 잠바
#그 시절 패피
#패션 테러리스트

홍콩 할머니

—

지금은 초등학생이지만 내가 다닐 때에는 국민학생이
었던 시절, 우리를 순식간에 공포로 몰아넣은 주인공이
있었다.

홍콩 할머니, 홍콩 할매, 홍콩 할매 귀신 등으로 불리던
할머니 귀신. 어떤 할머니가 고양이와 함께 홍콩으로 가는
도중 비행기가 추락해 죽었는데 고양이의 영혼이 할머니의
영혼과 합쳐져 귀신이 됐고, 그 영혼이 한국을 떠돌며 아이
들을 살해하고 다닌다는 소문이 파다했다.

지금 생각해보면 허무맹랑하기 짝이 없는 이야기지만

당시에는 임시 휴교령이 내려진 학교도 있었고, 저녁 뉴스에도 보도가 될 정도로 전국적으로 엄청난 이슈가 된 사건이었다. 100미터를 10초 안에 질주하고 아이들을 잡아가 잔인하게 살해한다는 무시무시한 홍콩 할머니.

그런 무서운 할머니에게 붙잡혀도 살아날 방도는 있었다. 손을 보여달라고 하면 손가락을 구부려 손톱이 보이지 않게 하고, 어디 사느냐고 물으면 주소를 알려주지 않고, 창문 밖에서 이름을 불러도 창문을 열어주지 않으며, 화장실 네 번째 칸을 피하고, 저녁 늦게 돌아다니지 않고, 이름을 세 번 부를 경우에도 절대 뒤돌아보지 않는 것이었다.

참으로 디테일한, 어찌 보면 엄마들에게 훈수를 받은 듯한 홍콩 할매 귀신이었다. 덕분에 아이들의 손톱은 늘 깨끗했고, 귀가 시간이 빨라졌으며, 낯선 사람에게 집을 가르쳐주거나 대화를 나누는 일도 없었다. 하교 시간에는 선생님이 정문까지 배웅해주셨고, 방향이 같은 아이들은 서로 손을 꼭 잡고 혹여 홍콩 할머니를 만날까 싶어 뛰다시피 집으로 돌아갔다.

학교에서는 홍콩 할머니 귀신 같은 건 없다고, 괴소문일 뿐이라고 아이들을 안심시켰지만 잡혀간 아이들의 눈알을

뽑아 운동장에 파묻고 손톱과 발톱을 하나씩 뽑아 잡아먹는
다는 홍콩 할매의 소문은 날이 갈수록 잔인하고 구체적으로
퍼져나갔다.

전국을 떠돌던 할머니가 우리 동네를 지나친다는 소문
이 돌기 시작할 무렵, 늘 아이들로 가득 차 시끌벅적하던 골
목길이 모처럼 한산했다. 호기로운 몇몇 남자아이들은 홍콩
할머니보다 자신들이 더 빨라 절대 잡히지 않는다며 우물
가를 뱅뱅 돌았지만 멀리서 동네 할머니의 모습이 비치기만
해도 달리기 실력을 뽐내며 부리나케 집으로 도망갔다.

당시 동네 할머니들은 하얗게 센 머리를 곱게 빗어 비녀
를 꽂거나 신발이 보이지도 않는 긴 월남치마 같은 것들을
주로 입으셔서 멀리서 보면 둥둥 떠다니는 것처럼 보였는데
그 차림새가 마치 소문 속 홍콩 할매 귀신을 떠올리게 했다.
옆집 상우는 한 동네에 살던 친할머니를 홍콩 할매라 부르
며 가끔씩 놀러오시는 할머니를 피해 우리 집에 숨어 있다
들켜 야단맞기 일쑤였다.

날이 갈수록 엄마나 아빠의 손을 잡고 오는 아이들로 등
굣길이 복잡해졌고, 하굣길에 마중 나온 엄마가 보이지 않
으면 아예 학교 밖으로 나가지 않고 버티는 아이들이 속출

했다. 아이들이 하루 종일 엄마, 아빠 곁을 떠나지 않고 맴돌자 어른들도 서서히 지치기 시작했다.

밖에 나가 들어올 생각을 안 하던 아이들이 매일 방 안에 모여 난장판을 만들며 놀자 어른들은 제발 밖에 나가 놀라고 등을 떠미셨다. 홍콩 할머니 같은 건 없다고 소리치는 엄마의 눈빛과 목소리가 실제로 본 적 없는 홍콩 할매 귀신보다 더 무서웠다.

홍콩 할매 귀신은 신흥 강자 '빨간 마스크'의 등장으로 서서히 잊혀갔다. 그러나 홍콩 할매도, 빨간 마스크도 놀이에 대한 우리의 들끓는 열망을 오래도록 막을 수는 없었다.

우리는 슬금슬금 다시 골목으로 모여들었다. 언제부터인지 모르지만 꽤 오랫동안 조용했던 골목길이 다시 아이들의 재잘거리는 소리로 가득 찼다. 우리들은 다시 신나게 뛰어놀았다.

#별들이 소곤대는
#홍콩의 밤거리는 아름답지만
#홍콩 할매는 무서워
#빨간 마스크
#사실
#진짜 무서운 건
#우리 엄마

분 신 사 바   분 신 사 바
오 이 떼 구 다 사 이

—

먼저 O와 X로 나누어진 연습장 가운데에 연필을 세우고 친구와 엄지를 제외한 손끝을 겹쳐 살짝 마주 잡는다.

그리고 눈을 감고 손에 힘을 뺀 채 질문자의 목소리에 귀를 기울인다.

"분신사바 분신사바 오이떼구다사이.

분신사바 분신사바 오이떼구다사이."

주문을 두 번 외우고 나서 연필을 잡고 있는 친구들의 어깨가 무거워졌는지 체크한 질문자가 귀신에게 묻는다.

"귀신님, 오셨습니까?"

믿거나 말거나, 추억의 전썰

연필이 O표시로 움직이면 본격적으로 귀신과의 대화가 시작되었다. 이런저런 궁금한 것들을 묻고 신기하게 움직이는 연필의 끝을 보며 오싹하지만 짜릿한 귀신과의 팩트 체크를 즐기던 놀이, 분신사바.

우리 반에는 교통사고를 당해 급사한 엄마와 딸의 영혼이 살았다. 우리는 가끔 그녀들을 불러내어 수많은 질문을 날리고 그 대답들을 엮어 기묘한 스토리를 만들어냈다.

특히 비가 내리는 날, 불을 켜지 않으면 수업을 진행할 수 없을 정도로 시커먼 구름이 하늘을 뒤덮은 날에는 반 아이들이 전부 모여 흥미진진한 분신사바의 세계로 빠져들었다. 그날도 창문을 때리는 빗소리에 우리는 자연스럽게 연습장을 펴고 모녀를 불러냈다.

"버스? 오토바이? 승용차?"

"승용차?"라는 질문에 펜이 O로 움직였다.

"우리 학교 근처? 다른 동네?"

우리 학교 근처.

곧 이어진 다음 질문을 듣고 반 아이들 전체가 낮은 비명을 질렀다.

"우리 학교 선생님?"

펜은 O표시로 이동했다.

전교생의 미움을 받는 학생주임 선생님 '에이즈'와 쪽 찐 흰머리와 소리 지르기가 일품이던 무용 선생님 '백발 마녀', 임신 중 만두가 먹고 싶다며 학생에게 만두 심부름을 시킨 '만두 엄마' 등 전교생의 원성이 자자한 선생님들 이름을 차례대로 호명했다. 연필은 X에서 꼼짝하지 않았다.

이제는 교과목 선생님들 차례였다. 국어, 사회, 음악, 미술, 체육 등의 교과목을 부르던 중 연필이 O표로 움직이기 시작했다.

수학.

아이들은 놀라 호들갑을 떨면서도 그럴 줄 알았다며 빠르게 태세를 전환해 수학 선생님이 그럴 만한 이유에 대해 늘어놓기 시작했다.

사실 수학 선생님은 그간 교통사고의 가해자보다는 피해자에 가까운 소문을 달고 다니는 사람이었다. 어눌한 말투, 늘 머리 위에 얹고 다니는 까치집, 알아듣기 힘든 어법으로 의도치 않게 수업 시간을 집중하게 만들었는데 그런 선생님을 두고 갖가지 소문이 돌았었다.

그중 가장 유력했던 썰은 교장 선생님 차에 수학 선생님이 살짝 치었다는 거였다. 그래서 저런 상태임에도 불구하고 우리 학교의 선생님이 되셨고 애꿎은 우리가 교장 대신 벌을 받고 있다는 거다.

뜻밖의 진실(?)로 아수라장이 된 교실에 쉬는 시간 끝을 알리는 종소리가 울렸다. 그리고 수업 시간의 시작을 알리는 종소리와 함께 교실로 들어선 선생님을 마주하고 우리 모두는 소리를 지를 수밖에 없었다.

"꺄아아악!"

갑자기 진통이 와 병원에 가신 영어 선생님 대신 수학 선생님이 등장한 것이었다. 선생님은 이것이 비명인지 환호인지조차 헷갈려 하셨다. 그러다 곧 우리들이 수학 시간을 좋아하는 것으로 멋대로 해석하시곤 수업을 시작하셨다. 우리는 선생님을 좀 더 자세히 관찰했다. 선생님의 행동 하나하나에 의미를 부여한 쪽지가 수업 시간 내내 교실을 날아다녔다.

우리 반의 분신사바 사건은 전광석화처럼 전교에 퍼져 나갔다. 그 누구도 진실 여부를 확인하지 않았다. 우리에게 분신사바는 피타고라스의 공식보다 더 강력한 믿음이 있었기 때문이다.

다음 날 아침, 영어 선생님이 무사히 아들을 낳았다는 소식이 들려왔다. 시험 시간에 만두가 먹고 싶다고 시험을 끝낸 아이에게 만두 심부름을 시켜 '만두 엄마'라는 별명이 붙은 우리 담임. 친구들과 만두를 닮은 아이를 낳았을 것이란 덕담(?)을 나누며 아침 조회 시간을 기다렸다.

그러나 우리는 선생님의 출산 사실에만 흥분해 있었지 담임을 대신할 누군가가 새로 온다는 생각을 미처 하지 못했다. 학생주임 선생님과 수학 선생님이 함께 교실로 들어선 순간, 반 아이들은 탄식했다. '분신사바'와 '저주', '교통사고'와 같은 단어들이 꽤 오랫동안 우리 반 구석구석을 떠다녔다.

시간이 지나 임시 담임이 된 수학 선생님의 말투에 익숙해질 어느 무렵, 우리는 다시 모녀 귀신을 불러냈다. 그리고 그날에 대해 물었지만 엉뚱한 대답을 들려주었다. 오토바이를 몰던 중국집 배달원이 가해자가 되었다가, 교장 선생님 차에 치인 게 수학 선생님이 아니라 본인들이라고 했다가, 종국에는 강아지에 물려 죽었다고 했다.

분신사바의 효력이 점점 사라지고 있었다. 강했던 믿음은 의심으로, 의심은 불신으로 이어졌다. 분신사바 주문을 외치는 소리로 가득했던 쉬는 시간은 이름의 획을 세어 점을 치는 소리로, 하트 안에 사랑하는 사람의 이름을 적고 샤프심으로 그 안을 색칠하는 소리로 채워졌다.

분신사바의 인기가 사그라지자 수학 선생님에 대한 소문도 점차 잊혀져갔다. 그러나 여전히 오묘한 선생님의 분위기에는 쉽사리 적응이 되질 않았다. 반 아이들은 차라리 '만두 엄마'가 낫다며 담임선생님의 빠른 회복을 빌었지만 우리는 남은 학기를 수학 선생님과 마무리해야 했다.

#난데없는 일본어 공부
#귀신놀이
#비 오는 날 교실에서
#꿀재미
#끝낼 때는 꼭 귀신한테 허락받기

〈 전 설 의 고 향 〉

—

이불 속에 쏙 들어가 두 눈만 빠끔히 내놓은 채 기다렸던 <전설의 고향> 시간.

무섭다고 하면서도 졸린 눈을 비벼가며 그 시간을 기다렸던 것은 "이 이야기는 OOO의 OO지방에서 내려오는 전설로……"라고 끝맺음 하는 성우 아저씨의 내레이션이 있었기 때문이다. 아저씨의 그 말을 들으면 아무리 무서운 이야기라도 그것이 실제가 아니라는 믿음이 생기며 안심할 수 있었다.

<전설의 고향>은 외할머니 댁에 놀러 갔을 때 차갑고

믿거나 말거나, 추억의 전썰

무거운 목화솜 이불 안에서 무서운 것을 보면 소리를 지르고 눈을 가리는 막내이모와 함께 봐야 제맛이었는데 아직도 잊을 수 없는 명작, "내 나리 내놔!"로 유명한 '덕대골' 편을 딱 그 환상적인 환경에서 보았다.

원인 모를 병에 걸린 남편을 정성스럽게 돌보던 한 여인이 있었다. 아무리 좋은 약초를 구해 먹여보아도 차도가 없어 힘든 와중에 지나가던 스님에게 "덕대골에 가서 죽은 지 사흘이 안 된 남자의 다리를 잘라 푹 고아 먹이면 남편의 병이 나을 수 있다"는 말을 듣게 된다. 며칠을 고민하다 용기를 내어 덕대골로 떠난 부인. 마침 사흘이 지나지 않은 무덤을 발견하고 그 속에서 남자의 다리를 잘라 달려오는데 갑자기 시체가 벌떡 일어나 "내 다리 내놔!" 하며 외다리로 쫓아온다.

집까지 따라온 귀신과 실랑이를 벌이다가 팔팔 끓는 물에 다리를 집어넣으니 갑자기 시체가 쓰러지고, 다음 날 그 물을 먹은 남편의 병은 씻은 듯이 말끔히 나았다. 자초지종을 설명한 아내는 남편과 함께 시체를 다시 정성스레 묻어주려고 마당을 팠는데 시체는 온데간데없고 한쪽 다리가 없는 사람 모양의 산삼이 있었다는 이야기.

이 이야기는 부인이 칼을 갈며 무덤을 찾아가면서 긴장감이 고조되기 시작하는데 막내이모는 그 무렵부터 거의 눈을 못 뜨고 가끔씩 <전설의 고향> 특유의 '호로로로록' 하는 산새소리가 날 때마다 비명을 질렀다.

외다리 귀신이 성큼성큼 부인을 쫓아 달릴 때에는 눈과 함께 귀도 막고 등까지 돌리는 이모에게 이제 다 끝났다며 거짓말로 손을 떼어내보기도 하고, 이불 속에 손을 넣어 이모의 다리를 덥석 잡아 놀래키기도 하던, 무섭기도 우습기도 하던 <전설의 고향>.

이제는 <전설의 고향>보다 '뉴스'가, 귀신보다 '사람'이 훨씬 더 무섭다는 것을 알게 된 진짜 무서운 '내 나이'.

#내 나이 내놔
#전설 속 이야기보다 무서운
#요즘 뉴스
#권선징악은
#옛날이야기 속에서만
#KBS 명드
#내 다리 내놔

이름점

—

친구들이 샤프심을 끝까지 빼내어 조심스럽게 하트를
색칠하고 종이학과 학 알, 거북이 따위 등으로 사랑을
접을 때 나는 매점 샐러드 빵을 사 먹기 위해 신나게 내
달렸고 교실 뒤 복도에서 말뚝박기를 하느라 바빴다.

아이들이 모여 앉아 이상형이나 좋아하는 연예인을 두
고 이야기할 때 나는 대화에 끼지 못해 겉돌았다. 윤상, 신승
훈, 장국영이나 톰 크루즈 사진으로 범벅이 된 하드보드지
필통이 유행할 때에도 나는 그들과 모여 앉아 만들기보다는
그것을 만들기 위해 친구들이 가져온 잡지를 찢어 딱지를

접었다.

 필통은, 더구나 연예인 사진이 도배된 필통은 나에게 그
다지 필요한 물건이 아니었다. 내 필기도구는 가방 이곳저
곳을 돌아다녔고, 나는 때마다 가방을 뒤져 볼펜을 찾아 쓰
는 것이 익숙했다.

 나의 관심사는 오로지 '뛰어노는 것'이었다. 앉아서 책
을 읽고 그림을 그리고 사색을 하는 것과는 거리가 먼 학생
이었다. 더구나 이성, 사랑과 같은 단어는 나와는 먼, 아주
머나먼 쏭바강이었다.

 잠깐 장 클로드 반담을 닮은 물리 선생님을(닮았다고 인정
하는 사람은 나 말고는 없었지만) 살짝, 아주 살짝 마음에 담긴 했
다. 그러나 친구들이 봐준 이름점의 결과를 보고 바로 마음
을 접었다.

 그와의 확률은 55%. 겨우 55%의 확률로 그에게 마음을
내어줄 수는 없었다. 누군가 한 명 개명을 하지 않는 한 우
리가 이루어질 확률은 없었다. 70%만 넘었어도 물리 공부
를 좀 해서 선생님 눈에 들었을 텐데 아쉽다. 이루어질 수
없는 사랑, 오르지 못한 내 물리 점수.

 물리 선생님이 지나가실 때에는 귀 뒤로 머리칼을 넘기

며 조신한 척 걸음걸이도 신경 쓰고, 담 걸린 아이마냥 비뚤어진 목으로 새초롬하게 인사도 했지만 그런 나의 '가증'은 오래가지 못했다. 매점 샐러드 빵은 한정 수량으로 경쟁이 치열했고, 복도에서는 말뚝박기 멤버들이 내 꼬리뼈를 기다리며 허리를 굽히고 있었다. 무엇보다 55%. 에이, 그건 너무 어림없는 숫자였다.

#하마터면 열심히 공부할 뻔
#샐러드 빵보다 가벼운 내 사랑
#강력한 이름점 믿음
#단순한 더하기
#이것도 수학이라고
#포기하는 자들이 있었으니
#수포자

족 보

—

우리 반이 꼴찌를 했다.

　담임선생님은 평소 성적에 크게 연연하시지 않는 온화하고 맑은 성품을 가진 분이었는데, 우리 반이 전교 꼴찌를 했다는 사실에는 적잖이 충격을 받으신 모양이었다.
　종례 시간, 평소와 다른 분위기를 풍기며 교실 안에 들어선 선생님은 다음 시험에도 꼴찌를 하거나 우리 학교 전체 평균을 깎는 점수가 나올 시 방과 후 한 시간씩 자율학습을 시키겠노라, 우리 학교의 모든 화장실을 청소할 수 있는 영광스러운 기회를 주겠노라, 감히 상상할 수도 없는 땀과 눈물로 얼룩진 단체 기합의 세계로 초대하겠노라, 아주 단호하고 얄짤없는 어투로 우리를 압박하셨다. 격정적으로 온갖 험한 말들을 쏟아내신 선생님은 앞으로 연습장에 공부한 흔적을 남겨 매일 검사를 받으라는 말을 끝으로 교실 밖으로 사라지셨다.

화장실 청소야 두어 번 하다 말 것이 뻔했고, 단체 기합이라고 해봤자 책상 위에 올라가 앉아 손 들고 있기나 투명의자 정도일 텐데 그런 것들은 이제 요령이 생겨 하나도 무섭지 않았다. 연습장 깜지도 연필이나 볼펜을 테이프로 붙여 한꺼번에 쓰면 되는 비법이 있어 괜찮았다. 하지만 방과 후 한 시간의 자율학습은 용납키 어려운 문제였다.

우리는 공사가 다망했다. 우리 반 아이들뿐만 아니라 다른 반 아이들, 때로는 타 학교 아이들과 함께 놀아야 해서 하교 시간만큼은 칼같이 맞춰야 했다. 굳이 노는 걸 핑계 삼지 않더라도 모든 아이들이 떠난 학교에 남아 나머지 공부를 해야 한다는 사실은 받아들일 수 없었다.

선생님이 교실 밖을 빠져나간 후 우리는 머리를 맞대고 이 상황을 슬기롭게 헤쳐 나가보기로 했다. 커닝을 하자, 답안지를 돌리는 게 낫다, 의견이 분분한 와중에 반장이 앞에 나와 족보를 만들자고 했다.

'족보', 내가 아는 그것은 나의 조상을 알고 뿌리를 찾고자 하는 집안 대대로 내려오는 책이었다. 우리 할아버지 방안, 다락방으로 올라가는 계단 한쪽 구석에도 누렇게 바랜 그 '족보'가 놓여 있었다. 속으로 이 난감한 시국에 웬 조상타령을 하고 있나 생각하고 있는데, 반장이 갑자기 상위권 아이들 몇 명의 이름을 호명했다.

"앞으로 시험까지 한 달밖에 안 남았어. 시간이 얼마 없으니 몇 과목만 요점 정리를 해서 족보를 만들어줘."

며칠 후 아이들이 만들어 온 몇 장의 족보가 우리 반을 돌았다. 달랑 종이 두어 장에 그 많은 교과서의 내용이 정리되었다는 사실이 믿기 어려웠다. 내키지는 않았지만 하교 시간이 걸려 있는 중차대한 일이기에 우리는 매점의 샐러드 빵도 포기하고 말뚝박기 시간도 줄여가며 족보를 들여다봤다.

선생님을 실망시키고 싶지 않은 마음 착한 아이들, 하교 시간을 지키고 싶은 아이들, 화장실 청소를 하기 싫은 아이들, 단체 기합 초대장을 받고 싶지 않은 아이들 모두 열심히 공부를 했다. 담임선생님은 순식간에 달라진 교실 풍경을 보고 다시 온화하고 맑은 성품으로 돌아가 지난 성적보다 평균이 조금이라도 올라가면 '짜장면'을 사주시겠다고 우리를 격려했다. 덕분에 짜장면을 먹고 싶은 아이들까지 합세해 교실은 간만에 학문의 열기로 후끈 달아올랐다.

그러나 족보만 달달 외웠던 우리의 노력은 부질없었다. 시험 문제는 족보를 교묘히 비켜나갔고, 우리는 정답이 아닌 것과 모두 고르시오 사이의 함정에 빠져 허우적거렸다.

성적표가 나온 그날, 우리는 운동장을 굴렀다. 땀과 눈물로 얼룩진 단체 기합이 무엇인지 온몸으로 체험했다. 누리단에서 경험한 2박 3일짜리 군대 체험을 두 시간으로 압축한 알차고 짜임새 있는 기합이었다. 짜장면은커녕 운동장에 굴러다니는 모래알만 씹어 먹어야 했다. 그리고 다음 시험 때까지 방과 후 교실에 앉아 한 시간씩 나머지 공부를 했다. 다행히 화장실 청소는 면했다. 그건 다른 학년 꼴찌 반에게 양보했다.

#개족보
#요점 정리는 무슨
#다 거기서 거기
#공부는
#교과서 중심으로
#꾸준히

철 마 다 바뀌는 종교

—

석가탄신일 즈음이 되면 집 근처 포교원에서 연등을 만들었다.

핑크색 꽃잎에 풀을 발라 철사로 꼬여 있는 연꽃 모양의 등에 붙이느라 손이 온통 분홍빛으로 물들곤 했다. 스님이 주시는 요구르트와 초코파이를 받아먹으며 허구한 날 그곳에 앉아 연등을 몇 개나 만들었는지 모른다.

부활절에는 동네 교회에서 달걀에 물을 들여 그림을 그렸고, 방학 땐 '여름성경학교 가자!'는 북소리에 교회로 달려가 신나는 게임도 하고 맛있는 간식도 먹었다.

크리스마스에는 성극도 했고, 성당 다니는 친구를 따라 미사도 보고 성당에서 점심도 먹었다. 나와 우리 동네 친구들은 함께 우르르 몰려다니며 맛있고 재밌는 것이 있는 곳이라면 그곳이 절이든 교회든 성당이든 가리지 않고 가서 놀았다.

게다가 뭐든지 시작했다 하면 열심히 최선을 다하던 우리들은 교회에 나간 지 며칠 되지도 않아 성경암송대회에서 상도 타고, 찬송대회에서 입상도 했다. 크리스마스 성극 오디션에서는 기존에 다니고 있던 친구들을 제치고 우리 동네 아이들이 마리아, 동방박사, 목자 등의 주요 배역을 따냈고, 아이들을 보려고 동네 어른들이 교회로 몰려와 성탄예배가 동네잔치가 된 적도 한두 번이 아니었다.

석가탄신일, 부활절, 여름성경학교, 교회수련회, 성탄절, 송구영신예배, 새해맞이미사, 어린이미사……. 목탁도 쳐보고 찬송가도 부르고 성경도 읽고 성호도 그어봤던 유년 시절, 나의 찬란하고 버라이어티 했던 종교 생활이여.

#절
#교회
#성당
#철마다
#바쁘다 바빠

크리스마스 선물 사건

—

나는 5학년 때까지 산타 할아버지를 믿었다.

산타 할아버지가 찾아오는 12월에는 착한 딸, 온순한 누나가 되어 갖고 싶은 선물을 받기 위해 안간힘을 썼다. 어깨까지 늘어지는 투명한 면사포가 반짝이는 바비 인형을 갖고 싶노라 매일 밤 기도를 할 때 동생은 옆에서 리모컨으로 조종되는 장난감 자동차가 갖고 싶다고 기도를 했다.

12월이 되면 엄마 심부름을 서로 하려고 야단이었고, 아빠의 구두는 늘 새것처럼 반짝였다. 칭찬받을 일을 하면 하늘에서 산타 할아버지가 보고 계실 것 같아 자꾸 고개를 들어 하늘을 향해 알은체를 했다.

'보고 계시죠? 전 이렇게 착한 아이예요. 선물 받을 자격이 충분한 아이라고요.'

금방이라도 눈이 내릴 것처럼 하늘이 잔뜩 움츠러든 어느 날, 학교에서 돌아와 엄마를 불렀는데 아무런 대답이 없었다. 부엌에서도, 안방에서도, 마당에서도 엄마의 인기척은 느껴지지 않았다.

엄마 없는 빈 집은 거대한 냉장고 안 같았다. 어딘가 모르게 스산하고 축축하고 냉기가 감돌았다. 괜히 두어 번 엄마를 더 불러보다가 허기가 전해오는 배를 끌어안고 진짜 냉장고 문을 열었다.

김치 냄새와 뒤섞인 반찬 냄새가 금세 냉장고 위로 피어올랐다. 동그란 플라스틱 바구니에 놓여 있는 계란 몇 알, 가지런하게 포개져 있는 뚜껑 달린 반찬그릇 몇 개, 아침에 먹었던 김치찌개는 갈색 비전냄비째로 냉장고의 꽤 많은 지분을 차지하고 있었다. 서랍 속에 귤 몇 알, 우유와 음료수 몇 병, 베이지색 마가린통……. 없는 것은 없지만 딱히 먹고 싶은 것도 없는 우리 집 냉장고는, 꼭 필요할 때 없는 우리 엄마와 닮아 있었다.

우유를 꺼내 유리그릇에 붓고 콘플레이크를 찾아 부엌 찬장과 싱크대를 모두 열어보았다. 그런데 그릇 밖으로 물방울이 송골송골 맺힐 때까지 먹으면 기운이 듬뿍 솟아난다는 호랑이 시리얼을 찾지 못했다.

나는 의자를 끌고 와 냉장고 위 공간을 탐색해보았다. 그리고 냉장고 뒤, 벽과 조금 벌어진 틈 사이에서 포장지로 감싼 두 개의 상자를 발견했다.

의자 끝에 깨금발을 하고 서서 상자 하나를 끌어냈다. 가벼운 상자였다. 크기와 무게는 콘플레이크 상자와 비슷했지만 흔들 때 특유의 소리가 나질 않았다. 살짝 뜯어보니 투명한 비닐로 포장된 핑크빛 상자가 보였다. 그 안에 드레스를 입고 있는 바비인형이 서 있었다. 그렇다면 나머지 하나의 상자는 동생의 자동차일 것이었다. 그렇게 기다리던 엄마가 이제는 금방 들어올까 무서워 나는 얼른 다시 테이프를 붙여 선물 상자를 제자리에 두었다.

기쁜 마음도 잠시, 그간의 크리스마스 선물은 산타 할아버지가 아니라 엄마, 아빠가 주신 것이라는 배신감에, 나의 무지함에 기분이 착잡했다. 동생에게는 비밀로 했다. 녀석에게도 지켜줘야 할 동심은 있었으니까.

긴장감 하나 없던 크리스마스이브 밤, 오복 통닭 닭다리를 뜯으며 동생은 밤을 새워서라도 산타 할아버지를 만나겠노라 선언했지만 녀석은 통닭 포장지가 채 식기도 전에 잠이 들었다.

다음 날 아침, 내가 냉장고 뒤에서 보았던 그 상자가 머리맡에 놓여 있었다. 나는 진정 몰랐다는 듯이 포장지를 뜯어 인형 상자를 끌어안고 똑순이 뺨치는 연기를 펼쳤다.

"야호, 내가 갖고 싶어 하던 바비 인형이다! 산타 할아버지, 고맙습니다."

동생은 무릎을 꿇고 은빛깔의 무선 자동차 '키트'를 맞이할 완벽한 자세로 포장지를 신나게 찢었다.

"싼타, 이 새끼!"

동생은 포장지 속에 들어 있는 빨간색 헬로 키티 문구세트를 발견하자마자 상자를 갈기갈기 찢어 포장지와 함께 마당에 던져버렸다. 키티와 마이 멜로디 친구들이 그려진 플라스틱 필통, 가위집에 들어 있는 빨간색 손잡이 가위, 연필, 지우개, 자 따위가 마당에 뒹굴었다.

동생은 끓어오르는 분노를 참지 못해 괴성을 지르고 눈물을 떨구며 대문 밖으로 뛰쳐나갔다. 엄마, 아빠는 웃겨 죽겠다고 껄껄대며 웃으셨지만 나는 이 어처구니없는 선물이 산타 할아버지가 아니라 지금 저리 배꼽을 잡고 웃고 계시는 분들이 준비한 것이라는 사실을 동생이 알게 될 날이 두려웠다.

내 연기가 어설펐는지 다음 해부터는 산타 할아버지의 선물이 도착하지 않았다. 나도 크리스마스 선물을 받기 위한 착한 딸 코스프레를 더 이상 하지 않았다. 동생은 이번엔 기필코 산타 할아버지를 만나 단판을 짓겠다며 밤새 뜬눈으로 방문 앞을 지키다가 새벽녘에야 잠이 들었다.

그해엔 녀석이 그토록 염원하던 자동차 '키트'를 받았지만 한참 유행이 지난 것을 보내줬다고 애꿎은 산타 할아버지는 또다시 동생에게 욕을 얻어먹어야 했다.

#뜨끔했을 부모님
#지금도 믿고 싶은
#산타 할아버지
#지금도 받고 싶은
#산타 할아버지 선물
#메리 크리스마스

휴거

—

1992년 10월 28일 자정이 되면 지구의 종말이 다가와 하느님을 믿는 사람들만 하늘로 올라가 사라진다는 믿을 수 없는 이야기.

나이를 좀 먹어서 그런지 홍콩 할머니 때보다는 긴장감이 덜했지만 뉴스와 신문에서 휴거 소동을 앞다투어 보도하고 무엇보다 소문의 근원지인 '○○선교회', 그곳이 우리 동네에 있었기 때문에 우리가 '휴거'를 대하는 자세는 다른 동네 사람들과는 좀 달랐다.

"누구누구네 집은 전 재산을 다 갖다 바쳐 풍비박산이

났다더라", "누구네 집 누구는 교회에 나가지 못하게 하자 음독자살을 시도했다더라" 같은 흉흉한 소문이 동네를 떠돌았다. 그날이 다가올수록 소문은 점점 더 늘어났고, 내용은 조금씩 더 구체적으로 변했다.

1992년 10월 28일 휴거 당일, 방송국 중계차가 몰려와 ○○선교회 앞에서 생중계를 준비했고, 우리는 몇몇 친구들과 어색한 작별 인사를 나눴다. 그날을 철석같이 믿으며 열심히 기도했던 친구들은 이 밤이 지나면 다시는 만날 수 없다고, 지금이라도 늦지 않았으니 교회에 나가 함께 기도하자고 했다.

나는 휴거를 믿지 않았지만 눈물 흘리는 친구들 눈에는 진심이 서려 있었으므로 설마 하는 마음 가운데 혹시나 하는 불안함이 불쑥불쑥 튀어올랐다.

'친구들이 진짜 사라져버리면 어쩌지, 다들 하늘로 올라가는데 나만 땅에 남게 되면 어떡하지.'

우리 가족은 TV 앞에 모여 앉았다. 교회 안은 울부짖으며 기도하는 사람들로 가득 차 있었고, 교회 밖은 취재 차량들과 이런 상황이 믿기지 않는다는 동네 사람들이 인터뷰를 하느라 북적였다.

12시. 자정이 되었지만 사람들은 날아오르지 않았다. 사라지지 않았다. 하늘을 향해 점프를 하는 사람들도 있었지만 지구의 중력은 그리 만만하지 않았다. 그들은 곧장 바닥으로 떨어졌다.

그날 밤, 휴거는 결국 해프닝으로 끝이 났다. 중계차들도, 동네 주민들도 모두 원래의 자리로 돌아갔고 우리는 편안한 마음으로 잠자리에 들었다.

며칠이 지나자 보이지 않던 친구들도 다시 학교에 나오기 시작했다. 그러나 누구 하나 그 이야기를 입 밖으로 꺼내어 불편한 상황을 만들지 않았다. 그저 아이들의 얼굴을 볼 수 있게 되어서 다행이라고 속으로만 생각했다.

#요즘에도 쓰이는 말 '휴거'
#같은 말
#다른 의미
#세월이 지나도
#허무맹랑
#어처구니
#무서운 건 똑같아

믿거나 말거나, 추억의 전설

사랑방 캔디

—

이것은 내가 발견해낸 놀라운 사실이다.

사랑방 캔디에는 늘 흰색 사탕이 남았다. 이 놀라운 발견의 사실 여부를 가리기 위해 사랑방 캔디를 사자마자 속에 있는 사탕들을 죄다 꺼내어 색깔별로 숫자를 헤아려보았다. 다소 차이는 있었지만 흰색 사탕이 월등히 많은 수는 아니었다. 그러나 우리 방에도, 할아버지 방에도, 고모 집에도, 이모 집에도, 외할머니 댁에도, 또 다른 집에도 사랑방 캔디의 뚜껑을 열어보면 놀랍게도 흰색 사탕만 남아 있었다.

아, 놀라운 대발견.

#소름
#시프라이즈
#기네스북감

행 운 의 편 지

—

전화번호부 책만큼 두꺼웠던 만화책 <보물섬> 뒤편에
는 펜팔을 원하는 친구들의 이름과 주소가 실려 있었다.

만화책을 즐겨 읽던 문학소녀 영선이는 그중 젤 필이 느
껴진다는 '훈'에게 편지를 보냈다. 그리고 곧, 답장을 받았다.

이 편지는 영국에서 최초로 시작되어 1년에 한 바퀴 돌
면서 받는 사람에게 행운을 주었고, 지금 당신에게로 옮겨
진 이 편지는 4일 안에 당신 곁을 떠나야 합니다. 이 편지를
포함해서 일곱 통을 행운이 필요한 사람에게 보내주셔야

믿거나 말거나, 추억의 전썰

합니다. 혹 미신이라 하실지 모르지만 사실입니다.

영국의 어떤 사람은 1930년에 이 편지를 받았습니다. 그는 비서에게 복사를 해서 보내라고 했습니다. 며칠 뒤에 복권이 당첨되어 그는 큰돈을 얻게 되었습니다. 어떤 이는 이 편지를 받았으나 96시간 이내에 자신의 손에서 떠나야 한다는 사실을 잊었습니다. 그는 곧 해고되었습니다. 나중에야 이 사실을 알고 일곱 통의 편지를 보내자 다시 좋은 직장을 얻었습니다. 케네디 대통령도 이 편지를 받았지만 그냥 버렸습니다. 결국 9일 후 그는 암살당했습니다.

기억해주세요. 이 편지를 보내면 7년의 행운이 있을 것이고, 안 그러면 3년의 불행이 있을 것입니다. 그리고 이 편지를 버리거나 낙서를 해서는 절대로 안 됩니다. 일곱 통입니다. 이 편지를 받은 사람은 행운이 깃들 것입니다. 힘들겠지만 좋은 게 좋다고 생각하세요. 7년의 행운을 빌면서.

떨리거나 말거나 그녀에게 온 편지는 그녀 스스로 뜯어보게 해야 했다. 읽어달라는 그녀의 청도 과감히 거절해야 했다. 결국 우리는 각각 세 장 반씩 똑같이 편지를 나눠 쓰고, 또 다른 '훈'에게 일곱 통의 행운을 실어 보냈다.

#발신인 불명
#수취인 애매
#순백의 우편 봉투 주의
#영국은 진정 신사의 나라인가

이거 모르면 진짜

옛날 사람도
아니다

대한민국 시간표

—

새벽종이 울렸네 새아침이 밝았네
너도나도 일어나 새마을을 가꾸세

새벽 5시, <새마을 노래> 소리가 들리면 아빠는 일어나
빗자루로 집 앞을 쓰셨다. 엄마는 전날 밤 불려둔 콩을 넣어
아침밥을 지으셨다. 우리 집 대식구들은 수돗가와 화장실에
몰려가 줄을 서고 차례를 기다리며 이른 아침을 맞이했다.

동해물과 백두산이 마르고 닳도록
하느님이 보우하사 우리나라 만세

이거 모르면 진짜 옛날 사람도 아니다

무궁화 삼천리 화려 강산
대한 사람 대한으로 길이 보전하세

오후 5시, 애국가 전주가 울려 퍼지면 우리는 하던 일을 모두 멈추고 국기를 향해 서서 가슴에 손을 얹고 애국가를 불렀다.

엄마가 "밥 먹어라!" 몇 번이고 불러도 꼼짝 않고 놀이에 열중하던 우리를 순식간에 얼음으로 만들던 단 하나의 노래. 길을 걷다가, 술래잡기를 하다가, 고무줄을 하다가도 예외 없던 국기 하강식.

어린이 여러분 잠자리에 들 시간입니다
일찍 자고 일찍 일어나는 착한 어린이가 됩시다

저녁 9시, 보름달 안에서 방아를 찧는 토끼 두 마리와 이불 속에 누워 있는 두 명의 어린이 그림이 TV 화면에 뜨면 우리는 무언가에 홀린 듯 잠자리에 누웠다. 착한 어린이가 되어야 한다는 저 단호한 멘트. 단지 일찍 자고 일어나는 것만으로도 착한 어린이가 될 수 있을 거라는 얄팍한 믿음

그리고 바람.

　　매일 아침, 책가방을 내려놓고 국기에 대한 경례를 외우고 들어가야 했던 등교 시간. 매주 월요일, 조례 시간에 운동장에서 함께 했던 국민체조. 매월 15일, 사이렌 소리가 울리면 온 국민이 참여했던 민방위 훈련.

#음악 하나로 대동단결
#대한민국 시간표

〈주말의 명화〉냐,
〈토요명화〉냐

—

MBC <주말의 명화>냐, KBS 2TV <토요명화>냐. 그것
이 문제로다.

매주 토요일, 서부 영화나 고전 영화를 좋아하는 아빠와
액션물과 로맨스 영화를 좋아하는 엄마가 <주말의 명화>
냐, <토요 명화>냐를 두고 묘한 기 싸움을 벌이셨다.

오전 수업만 있던 토요일, 학교에서 돌아오면 신문이나
TV 가이드를 펼쳐 편성표를 확인하기 바빴지만 우리에겐
선택의 여지가 없었다. 평소라면 잠자리에 들어야 할 시간,
유일하게 눈을 뜰 수 있게 허락된 것만으로도 감지덕지, 하

늘엔 영광, 땅 위엔 축복이었다.

무지막지하게 긴 광고를 보며 영화를 기다리다가 지루하면 낮에 WWF를 보고 연마해둔 레슬링 기술을 동생과 시연하며 이부자리를 엉망으로 만들곤 했는데 누룽지 튀김이나 찐 고구마, 강냉이, 카스텔라와 같은 간식을 가지고 들어오시는 엄마에게 걸리는 날엔 얄짤없었다. 토요일 밤, 엄마는 단 두 마디로 우리를 한 번에 제압했다.

"잘 거야, 볼 거야?"

우리는 잽싸게 이부자리를 정리하고 영화 관람에 바람직한 자세로 TV 앞에 앉았다.

대개 좀 더 먼저 시작하는 <토요 명화>를 보다가 재미가 없으면 <주말의 명화>로 채널이 돌아갔다. 지금처럼 리모컨이 있던 시절이 아니라 TV 수상기에 붙어 있는 채널을 돌리러 가야 하는 수고로움을 선뜻 감당하고 싶지 않아 엄마, 아빠가 딱히 선호하는 영화가 없으면 <토요 명화>로 고정된 채널은 영화가 끝날 때까지 유지되었다.

<탑건>을 보고 톰 크루즈에 빠지고, <죠스>를 보고 무서워 바다엔 발도 담그지 않고, <벤허>를 보며 역사 공부를 하고, <인디아나 존스>를 보며 수없이 상상 속 탐험을 떠났

던 유년 시절. 무엇보다 늦은 시간까지 깨어 있을 수 있던 그 황홀한 토요일 밤, 가장 신기하고 궁금했던 건 외국 사람들이 어쩌면 하나같이 우리나라 말을 저리 유창하게 하느냐 하는 것이었다.

#더빙을 몰랐어
#토요일은 밤이 좋아
#영화가 좋아
#엄마 이겨라
#아빠 이겨라
#일요일엔 명화극장
#안방 방구석 1열
#온 가족이 기다린 우리만의 극장
#추억의 도가니탕

이거 모르면 진짜 옛날 사람도 아니다

그 시절, 그 만화 영화

—

학교에 가야 하는 평일 아침에는 일찍 일어나는 게 그렇게 힘들더니 일요일 아침엔 왜 그리 말똥말똥 눈이 잘도 떠지는지…….

누가 깨우지 않아도 일찌감치 일어난 일요일 아침, 대청마루의 TV를 켜고 <어린이 명작 동화> 주제곡을 목청 높여 따라 불러 식구들의 단잠을 깨우곤 했다. <백설공주>, <백조의 호수>, <잠자는 숲속의 공주>, <알라딘>, <이솝 이야기> 등 수많은 동화 속 이야기를 만화 영화로 만날 수 있는 <어린이 명작 동화>에서부터 요요를 잘 다루는 폴이 찌찌, 삐삐와 함께 대마왕과 버섯돌이로부터 니나를 구출하는 <이상한 나라의 폴>, '카피카피 룸룸' 주문을 외워 하루에 한 가지씩 소원을 들어주는 <모래요정 바람돌이>, 꽃향기를 맡으면 힘이 나는 <꼬마자동차 붕붕>, 커졌다 작아졌다 하는 <호호아줌마>, 나와라 만능 팔 <가제트 형사>, 눈물 없이는 볼 수 없었던 <소공녀 세라>, 네 자매 이야기 <작은 아씨들>, 변신의 귀재 <요술공주 밍키>, 씩씩하고 수다스러운 <빨강머리 앤>, 지구를 지켜주는 우주소년 <아톰>, 철학적 메시지가 담겨 있는 <은하철도 999>, 실사와 애니메이션의 만남 <개구쟁이 푸무클>, 도우너, 또치, 마이콜 등 둘리의 친구들을 응원했던 고길동의 잔혹사 <아기공룡 둘리>, 나애리, 이 나쁜 계집애 <달려라 하니>, 무지개 연못에 사는 피리왕자 왕눈이와 아롬이 <개구리 왕눈이>.

누구나 아톰이 되고, 밍키가 되고, 폴이 되고, 가제트가 되어 온 골목을 누비게 해주었던 꿈 많은 그 시절, 웃기도 했지만 울기도 많이 울었던 그 만화 영화.

#일요일 아침
#TV는 우리 차지
#책보다 먼저 섭렵한 명작 동화

이거 모르면 진짜 옛날 사람도 아니다

공중전화

—

'용건만 간단히!'

내가 처음 쓴 공중전화기는 20원을 넣으면 되는 주황색 전화기였다. 동전을 넣고 숫자가 적힌 다이얼을 돌리면 다이얼 가운데 쓰여 있던 '용건만 간단히'도 함께 돌았다. 전화번호에 '0'이 많던 외할머니 댁에 전화를 하고 나면 검지 손톱에 새까맣게 때가 꼈다.

다이얼 방식의 공중전화기가 전자식 버튼으로 바뀌고, 주황색의 네모난 전화기가 산뜻한 민트색 전화기로 바뀌었지만 공중전화 부스에 줄을 서는 사람들은 줄어들지 않았다.

삐삐가 생겼을 무렵, 민트색 전화기는 다시 기다란 은색 전화기로 바뀌었다. 삐삐에 남겨진 메시지를 듣기 위해 40원, 응답 메시지를 남기기 위해 40원. 100원짜리를 넣으면 남는 20원은 다음 사람을 위해 양보하는 것이 그 시절의 매너. 그 이후 등장한 카드 전화기는 내가 마지막으로 썼던 공중전화기였다.

네모난 공중전화 부스. 반으로 접히는 문을 열고 그 작은 공간에 들어가면 누군가는 웃었고, 누군가는 울었다. 기분 좋은 합격 소식을 들었던 언니는 뒤에 줄을 선 사람들에게 축하를 받았고, 여자 친구에게 이별 통보를 받은 군인 아저씨는 위로의 말을 들었다. <영웅본색2>에서 총에 맞은 장국영이 아내와 마지막 통화를 하던 장소도, <초록물고기>의 막동이 한석규가 절규하던 곳도 바로 이곳이었다.

수화기에 매달려 시간 가는 줄 모르고 사랑을 속삭이던 사람, 시시비비를 가리며 언성을 높이던 사람, 받지 않는 전화를 탓하며 유리문에 주먹을 날리던 사람, 술에 취해 공중전화 부스를 안방마냥 이용하던 사람, 전화번호부 책에서 마음에 드는 이름을 골라 폰팅을 하던 사람.

수많은 사람들과 사연, 가끔은 술주정도 받아야 했던 공중전화 부스. 이 작은 공간에 사연 하나 없다면 당신은 진짜 '옛날 사람'도 아니다.

#자격 박탈
#나는 네가 했던 지난 일들을 알고 있다
#공중전화 백
#동전 먹는 소리
#20원 더 넣어 말어

X세대 필수품

—

삐삐가 생겼다.

금빛 체인이 달려 있는 모토로라 초창기 모델 '브라보'. 흡사 미니 폭탄처럼 보이는 구식 무선 호출기를 아빠가 물려주신 것이었다. 그러나 이렇게 투박하고 촌스러운, 각진 검정 삐삐를 차고 다니는 여학생은 없었다. 나는 엄마에게 폭탄물 처리반이 될 수는 없다고 확실하게 의사 표현을 하고 최신형 삐삐를 사주십사 정중히 부탁했다. 그리고 더 정중하고 깔끔하게, 그 어느 때보다 신속하게 거절당했다.

그 후로 한 달쯤 지났을까? 잦은 짜증과 징징거림, 간헐

적 침묵과 반항에 지친 엄마가 드디어 꿈에 그리던 최신형 삐삐를 사주셨다. 삐삐를 고르는 내내 엄마는 온갖 생색을 내며 내게 충성을 맹세케 하셨고 나는 가슴에 손을 얹고 맹세했다. 어머님의 심부름을 마다하지 않는 착한 딸이 되겠다고, 먼 훗날 우리 동네 초입에 효녀비가 세워질 것이라고. '효녀 심청'의 원전이 사실은 '효녀 지은'이라는 사실을 알고 계시냐는 이야기를 끝으로 나는 삐삐를 획득했고 나래이동통신 대리점 아저씨는 증인이 되어주셨다.

그러나 얼마 지나지 않아 삐삐를 산 돈의 출처가 내 저금통이라는 사실을 알게 된 나는 이루 말할 수 없는 배신감을 느꼈다. 그 후로도 종종 이런 억울한 일을 겪었다. 그때마다 엄마의 진정 어린 사과, 또는 그에 응당한 금전적인 보상을 요구해봤지만 엄마는 늘 한결같은 톤으로 한결같은 말씀을 전하셨다.

"그렇게 네 돈, 내 돈 따질 거면 그간 먹고 입고 잔 거 다 계산하고, 네 물건 싸 들고 나가!"

어쨌거나 내게도 (내 돈으로 산) 삐삐가 생겼다. 자유로운 영혼들은 삐삐를 허리에 차지 않는다는 신선한 광고 멘트가 내 전두엽에 깊이 각인된 모토로라 '타키온'. 영롱한 노란

빛이 감도는 작고 앙증맞은 조개껍데기 같은 삐삐를 드디어 내 목에(!) 걸게 된 것이었다.

삐삐가 생기자마자 친구들에게 내 호출번호를 남기고 배경음악을 녹음하느라 전화기 앞을 떠나지 못했다. 정확히 원하는 부분의 음악을 녹음하느라 카세트테이프를 되감고 돌렸다가 일시정지를 하고 플레이 버튼 누르기를 수십 번. 수화기를 들었다 났다 난리를 치는 나를 한참이나 노려보고 계시던 엄마의 잔소리가 막 날아오려는 찰나, 드디어 딱 내가 원하는 구간에 알맞은 길이의 배경음악을 성공적으로 등록했다.

삐삐가 생긴 후로 내 생활은 삐삐의, 삐삐에 의한, 삐삐를 위한 삶으로 완전히 달라졌다. 수시로 배경음악을 바꾸고 낯간지러운 인사말을 녹음했다가 제정신이 돌아오면 삭제하느라 전화기를 끼고 살았다. 길을 걷다가도 공중전화기가 보이면 확인할 메시지가 없어도 습관적으로 줄을 서고 괜히 내 삐삐번호를 눌러 놓친 메시지가 없나 체크를 해보기도 했다.

가끔 호출번호 뒤에 8282(빨리빨리)가 찍히면 코드블루를 확인하고 응급실로 뛰어가는 의사마냥 공중전화를 찾아 잽싸게 뛰었다. 늘 만원인 공중전화 대기 행렬에 마음이 조급해지고, 앞사람의 통화가 길어지면 그새를 참지 못하고 다른 공중전화를 찾아 칼 루이스보다 빠르게 달렸다. 그러나 그렇게 한참을 기다린 끝에 확인한 8282의 메시지는 콩나물이나 두부를 사오라는 엄마의 심부름이나 붕어빵을 사오라는 동생의 호출인 경우가 다반사였다.

삐삐 문화에 나보다 빠르게 적응한 엄마는 5782(호출 빨리), 1750(일찍 오렴), 825(빨리 와), 045(빵 사와), 981(급한 일), 100(back, 돌아와) 등의 현란한 숫자 암호로 나를 쉴 새 없이 조련했다.

이 작고 기특한 현대인의 필수품, 자유로운 영혼을 선물한다는 목걸이 삐삐는 점점 내 목과 영혼을 옭아매는 족쇄가 되었다. 친구들도 마찬가지였다. 삐삐는 대부분의 시간을 학교에서 함께 보내는 우리들보다 엄마에게 더욱 요긴한 물건이었다.

우리는 번호 뒤에 79(친구)를 붙이기로 우리만의 암호를 정하고 그 외의 호출은 거들떠보지 않기로 했지만 연락이 늦으면 1198282, 7482(치사빤스), 1472(일사천리)나 444, 666의 저주스러운 숫자가 호출기를 쉴 새 없이 울려댔다. 가끔

012486(영원히 사랑해), 1010235(열렬히 사모해), 0024(영원히 사랑해), 1004(천사) 같은 믿을 수 없는 숫자들이 찍히기도 했지만 이는 모두 위장술이었다.

발신인은 역시, 엄마였다.

#79 337(친구야 힘내)
#X세대는 엄마
#암호 해독
#모든 대화를 숫자로
#신조어? 줄임말?
#훗
#우리가 원조
#인싸

카 폰

—

"지은아. 나야, 경선이. 나 어디게? 나 지금 차 안이야!"

집집마다 전화기가 놓인 지 얼마 되지 않은 때였다. 불과 얼마 전만 해도 전화를 하려면 공중전화가 있는 곳으로 달려가 줄을 서야 했는데 달리는 차 안에서 전화를 하고 있다니 믿을 수가 없었다.

전화를 끊자마자 경선이네로 달려갔다. 커다란 안테나가 하늘을 찌를 듯 차 꽁무니에 매달려 있었다. 경선이 말대로 진짜 앞좌석 가운데에 전화기가 놓여 있었다. 슬쩍 수화기를 들어보니 진짜 신호음이 들렸다.

우리는 차 안에서 동동 발을 구르며 정말 신기하다고, 진짜 살기 좋아졌다고 호들갑을 떨었다. 나는 아저씨에게 부탁해 우리 집에 전화를 걸었다.

"엄마, 나야. 나 지금 차 안이야. 경선이네 차 안에 전화기가 있어!"

뚝, 비싼 요금을 염려한 엄마는 대답도 없이 얼른 끊고 대신 문 밖에 나와 경선이네 자동차 전화기를 구경했다.

우리는 '카폰'이라 불리던 자동차 전화기를 금세기 최고의 발명품이라고 칭하며 우리가 사는 이 시대를 놀라워했다. 당장 몇 년 후 엄청나게 바뀔 세상을 내다보지 못하는 개구리 두 마리가 우물 안에서 팔짝거리며 뛰는 꼴이었지만 당시 카폰, 그것은 과학상상그리기 대회에서나 가능한 일이었다. 해저 도시에 살며 로켓을 타고 우주에 나가는 일과 크게 다르지 않은 사건이었다.

나는 퇴근하신 아빠를 보자마자 그날 본 카폰에 대해 이야기했다.

"아빠, 경선이 아빠 차에 전화기 있는 거 알아? 세상에! 오늘 진짜 경선이네 차에서 전화해봤는데 캡 신기해. 달리는 차 안에서 전화를 할 수 있다니 상상이나 할 수 있었겠어? 우리도 당장 카폰 사자, 응?"

흥분한 채 두서없이 뱉어내는 내 이야기는 끝까지 듣지도 않으시고 아빠는 우리도 당장 카폰을 사야겠다고 하셨다. 그리고 엄마에게 말씀하셨다.

"여보, 카폰 달게 차 사줘."

#들은 체도 안 하시던 엄마
#카폰 사고 싶은 딸
#차 사고 싶은 아빠
#세상에
#걸어 다니며 통화를 하게 될 줄
#전화로 얼굴 보며 이야기를 하게 될 줄
#상상도 못했던 시절
#니네 아빠 차
#캡

경 보 극 장

—

우리 동네에는 극장이 있었다.

거기서 나는 자전거를 타고 날아가는 <E.T.>도 봤고, <우뢰매>도 봤고, <강시>도 봤다. <영구와 땡칠이>, <어른들은 몰라요>, <그래, 가끔 하늘을 보자>, <행복은 성적순이 아니잖아요>, <있잖아요, 비밀이에요> 같은 영화도 모두 우리 동네 경보 극장에서 봤었다.

엄마는 가끔 시장 가는 길에 나와 동생을 극장에 넣어주고 가셨다. 영화가 끝나고 극장 앞에 앉아 있으면 시장을 다 보고 온 엄마를 만나 집으로 돌아가곤 했는데, 아마 엄마는 극장을 지금의 키즈카페쯤으로 여기셨던 것 같다.

나는 그곳에서 본 <오싱>을 잊을 수 없다. 남자아이인 줄 알았던 똑순이 김민희가 여자아이였다는 사실도 충격이었지만 여기저기 쫓겨 다니며 더부살이를 하는 오싱의 현실이 너무 슬퍼서 울고, 추운 겨울에 맨손으로 빨래를 해야 하는 오싱이 너무 가여워서 울고, 작은 몸집에 늘 어린아이를 업고 일을 해야 하는 오싱이 불쌍해서 울었다.

몇 날 며칠을 마치 내가 '오싱'이 된 듯 울고 또 울었다. 한동안은 엄마의 말도 잘 들었다. 잘못했다간 오싱처럼 다른 집에 가서 온갖 궂은일을 하며 살아야 할지도 모른다고 생각했다. 그래서 엄마가 부르면 한 번에 달려가 심부름을 하고, 시키지 않은 집안일도 하며 엄마를 도왔다.

<E.T.>를 보고 온 날에는 자전거를 타고 내리막길에서 전력질주하며 하늘을 날았고, <구니스>를 보고 온 날에는 동네 친구들과 보물지도를 만들어 탐험을 떠났다.

나는 언제나 상상 속의 주인공이 될 수 있었다. 집 앞 엎어지면 코 닿을 곳에 경보 극장이 있었으므로.

#경보 극장 키드
#영화 관람 후 도지는 주인공 빙의
#심심풀이 오징어 땅콩 있어요
#동시상영
#대한뉘우스
#애국가

이거 모르면 진짜 옛날 사람도 아니다

종 합 선 물 세 트

—

자두맛 알사탕, 짝꿍, 사브레, 스피아민트 껌, 쥬시후레
시 껌, 아카시아 껌, 빠다코코넛, 새콤달콤, 버터링 쿠키,
꼬깔콘, 웨하스, 티나, 바나나킥, 스카치 캔디, 연양갱,
포도맛 알사탕, 돈돈 초콜릿, 참깨 과자…….

아이가 둘이라고 종합선물세트가 두 개씩 들어오지는
않았다. 어쩌다가 알록달록 예쁜 포장지에 빨간 리본이 묶
여 있는 종합선물세트를 선물 받는 날이면 동생과 살벌한
신경전이 벌어졌다. 누나라고 내가 더 많이 가져가는 것도,
동생이라고 양보하는 것도 없었다.

승부는 늘 정정당당하게 가위바위보. 이긴 사람이 원하는 품목을 하나씩 가져갔다.

긴장감 가득한 가위바위보 전쟁이 끝나면 과자와 사탕이 반으로 갈리고, 각자의 비밀 장소로 획득물들을 갖고 사라지기 바빴다. 나의 비밀 장소는 막냇삼촌의 책상 서랍 제일 아래 칸이었다. 반으로 나누어서 앞쪽은 삼촌이, 뒤쪽은 내가 사용했는데(이 작은 공간을 얻어내기 위해 삼촌에게 갖다 바쳤던 물과 수많은 심부름을 떠올리면 눈물이 앞을 가리지만) 삼촌을 무서워하던 동생으로서는 상상할 수도 없었던 최적의 비밀 장소였다.

서랍 속에 획득한 간식들을 차곡차곡 쌓아 넣고 삼촌의 누런 파일로 위를 살짝 덮어놓으면 아무도 눈치 채지 못했다. 물론 삼촌의 입을 막으려면 아카시아 껌 한 통 정도는 희생해야 했지만.

동생의 눈치를 봐가며 하나씩 몰래 꺼내 먹는 맛은 고소미를 더 고소하게, 사브레를 더 부드럽게 했다. 특히 내가 애정했던 티나 크랙카. 짭조름한 밀가루 냄새가 매력적인 이 과자는 먹다 보면 꼭 이 사이에 꼈는데 남들이 손가락을 넣어 비위생적으로 과자 덩어리를 처리할 때 나는 혀와 볼 안

쪽을 이용하여 손을 대지 않고도 깔끔하게 처리하는 스킬을 가지고 있었다. 아, 그리고 꼬깔콘. 손가락 끝에 꼬깔콘을 꽂아 하나씩 빼 먹는 재미를 누가 알려줬던가. 솔솔 바람이 부는 날, 마루에 누워 손가락 위의 꼬깔콘을 뽑아 먹으며 뒹굴거리고 있으면 행복이 바로 이런 건가 싶어 웃음이 실실 새어나왔다.

그럴 때마다 나의 소소한 행복 따위는 눈꼴시어 못 보겠다는 듯 불쌍하고, 한편으론 음흉함이 잔뜩 배어 있는 목소리가 나지막이 들려왔다.

"누나, 한 입만."

어쩌자고 이 녀석은 내가 뭘 먹고 있을 때마다 나타나 저따위 흥 깨지는 말을 날려대는 것일까.

싫다고 하면 한두 번 더 달라고 징징대다가 엄마에게 이르거나 내가 잠시 경계의 틈을 보이는 찰나 냅다 뺏어 들고 튈 것이 자명했다. 그렇다고 '한 입'을 주면 끝날 일인가. 아니다. 이것은 마치 라면을 끓일 땐 꼭 안 먹겠다던 삼촌에게 한 입을 허용하고는 그릇째 빼앗기게 되는 그런 뻔하디뻔한 레퍼토리였다.

아껴두고 오래오래 즐겨 먹는 나와 달리 동생은 받은 그날 한 방에, 깔끔하게, 뒤끝 없이 처리하는 스타일이었다. 매번 내 것을 뺏어 먹으며 자기 것을 나눠주겠다고 했지만 이미 입속으로 사라져버린 과자들을 어찌 나눠 먹겠단 말인가.

장고 끝에 독수리와도 같은 저 날카로운 손매에 낚아채여 과자 부스러기나 집어 먹는 것보다야 한 주먹 쥐어주고 끝내는 게 낫겠다 싶어 멀찌감치 과자를 한 줌 덜어주고 돌아와 앉았다. 그러나 녀석은 덜어준 과자를 한 입에 우악스럽게 몰아넣고는 또다시 나를 노려보고 있었다.

"한 입만 더!"

일말의 죄책감이나 미안함은 한 치도 묻어나지 않는 단호함. 녀석에게 남은 게 없으리란 것을 잘 알고 있었지만 물물교환을 제의해보았다.

"누나, 나 자두맛 사탕 남았어. 하나 줄게. 진짜야. 하늘 땅 별땅 각기 별땅, 퉤퉤!"

사탕을 먼저 받아야 한다는 걸, 아니면 남아 있다는 자두맛 사탕의 존재를 눈앞에서 확인해야 한다는 걸, 저따위 침을 뱉는 맹세 따위는 믿지 말아야 한다는 걸 나는 녀석에게 배웠다.

사탕은커녕 남은 과자마저 산산이 부서지고, 찢어진 꼬

깔콘 박스와 내 울음만 가득 찬 마루. 복수의 날을 갈며 울부짖고 있는 내게 동생이 한마디 던졌다.

"침 뱉고 운동화로 안 비볐어. 그러니까 무효."

#최고의 선물
#종합선물세트
#공정하게
#나누는 건 불가능
#빌어먹을
#그놈의 한 입만
#나만 억울

신 문 사 절

—

'신문 사절'이라고 대문에 대문짝만 하게 붙여놓아도 어김없이 마당에 떨어져 있던 신문.

나는 한동안 아침마다 마당에 앉아 대문 위로 넘어오는 신문을 곧장 다시 문밖으로 던지는 심부름을 했다. 두어 번 신문이 대문 위를 넘나들고 내가 이겼다 싶어 뒤돌아서는 순간, 어김없이 날아와 꽂히는 신문. 다시 잽싸게 밖으로 던져보았지만 아저씨는 이미 떠나버리고 내가 던진 신문은 우리 집 대문 앞에 덩그러니 놓여 있었다.

어떤 날은 문밖에 나가 "아저씨, 신문 안 보신대요." 이야기를 전해보았지만 들은 체도 하지 않으시고 내 키를 사뿐히 넘겨 마당 한가운데로 정확히 신문을 던지시던 아저씨.

길고 지루했던 신문 배달 아저씨와의 대결 아닌 대결, 꽤 오랜 시간 승자였던 신문 배달 아저씨.

#신문 사절
#의외의 눈치게임
#개도 없는데
#개 조심
#맹견 주의

컬러 텔레비전

—

우리 집에 컬러텔레비전이 생겼다.

텔레비전보다 두 배쯤 커 보이는 박스를 갖고 등장한 금성대리점 아저씨가 흑백텔레비전을 치우고 그 자리에 컬러텔레비전을 놓아주셨다. 전원을 켜고 안테나를 이리저리 만지고 드르륵 채널을 돌리니 흑백으로 가득하던 TV 속 세상이 금세 총천연색으로 가득 찼다.

건조한 플라스틱 인형처럼 보이던 작은 사람들이 비로소 진짜 사람처럼 느껴지고, 그들이 하는 말과 몸짓들이 살아 움직이는 듯 생경했다. 동생은 어떻게 사람들이 저렇게 작아져서 TV 속으로 들어간 거냐고 짱구박사에게 물었고 삼촌은 사람을 축소시키는 레이저 기계가 있다고 또, 뻥을 쳤다.

바람 부는 날에는 누군가 뒷마당 담벼락에 매달린 안테나를 이리저리 흔들며 "잘 나와? 어때? 들려? 잘 나오냐고!" 소리를 고래고래 질러야 했지만 흑백으로 가득하던 세상, 컬러텔레비전은 그 등장만으로도 충격이었다.

가뜩이나 눈 나빠진다고 멀찌감치 떨어져 TV를 시청해야 했던 우리는 컬러텔레비전의 등장으로 제약이 더욱 심해져 방 끝 벽에 달라붙어서 텔레비전을 봐야 했다. 너무 멀어 외려 눈이 나빠질 것만 같았던 거리를 좁히려 슬금슬금 앞으로 나올 때마다 "스읍" 하는 방울뱀 소리를 내며 우리를 위협했던 엄마, 아빠.

시력 보호와 전자파 차단을 위해 브라운관 앞에 녹색 빛이 도는 커다란 보안경을 매달아 이것이 진정 컬러텔레비전인지, 녹색텔레비전인지 헷갈리고 답답했지만 그 무렵부터 나는 가끔 컬러로 된 꿈을 꾸기 시작했다.

#그래서 나왔나?
#그 시절 유행어
#니 똥 칼라

회 수 권 과 토 큰

—

열 장이 주르르 붙어 있어 한 장씩 떼어서 쓰던 회수권.

한 달에 한 번, 용돈 타는 날에는 버스 정류장 앞에 있는
토큰 가게에서 한 달 치 회수권을 샀다. 칼로 한 장씩 자른
회수권은 작은 집게나 호치키스로 집어 한 장씩 뜯어 쓰거
나 회수권 케이스에 넣어 다녔다.

한 권에 열 장인 회수권을 열한 장으로 만들어 쓰는 일
은 그 시절 회수권을 써본 학생들이라면 누구나 한 번쯤 도
전해본 흔한 기술(?)이었다(가끔 열두 장을 만들어낸다는 친구들
도 있었지만 소문으로만 들었을 뿐, 열두 장으로 나뉜 회수권을 직접 본

적은 없다).

그림을 잘 그리던 우리 반 친구 중 한 명은 회수권을 정말 똑같이 만들었다. 기름종이와 먹지를 이용해 라인을 그리고 수십 가지 색연필과 볼펜으로 회수권을 완벽히 재현해냈다. 한 장을 완성하는 데 꽤 오랜 시간이 걸렸으므로 그것을 실제 사용하기 위해서라기보다 만드는 과정 자체에 의의를 둔 일종의 '신성한 작업'의 결과물이었다. 우리는 완성된 가짜 회수권과 진짜 회수권을 나란히 두고 육안으로 구별해내는 게임도 하곤 했다.

학교 매점이나 문방구에서 현금처럼 통용되던 회수권. 가끔 용돈이 떨어진 날, 회수권은 떡볶이가 되어주기도, 노트나 지우개가 되어주기도 했다. 급전이 필요한 친구들은 회수권을 팔아 현금을 조달했고, 토큰 가게에서는 다량의 회수권을 사고팔며 '회수권 깡'을 해주기도 했다.

고등학교 졸업 후엔 토큰을 썼다. 유난히 작았던 토큰을 찾느라 버스를 앞에 두고 호주머니와 가방을 뒤적이는 일이 허다해 나는 토큰을 엽전꾸러미마냥 실로 묶어 다녔다. 어쩌다 토큰이 없는 날 현금을 넣으면 기사님은 몇 개의 버튼을 눌러 버스요금통 밑으로 거스름돈을 떨궈주셨는데, 그때

'좌르르르' 쏟아지는 그 동전 소리가 또 그렇게 명쾌할 수가 없었다.

　이제는 회수권을 자를 일도, 토큰을 묶을 일도, 신용카드 덕분에 카드를 충전할 일도 없어졌지만 교통카드를 댈 때마다 들리는 감성 없는 메마른 기계음 소리에 가끔은 그때, 그 시절이 그립다.

#아저씨, 50원 덜 나왔어요
#왈칵 쏟아지던 거스름돈
#교복 주머니에 들어 있던 회수권
#세탁기에 들어가면
#한 달 용돈
#순삭

연 고 전

—

고교 시절, 우리 반에는 농구에 푹 빠져 사는 두 친구가
있었다.

하루 종일 농구 이야기만 하던 그 친구들과 딱히 친하게
지낸 것도, 농구에 그다지 관심이 있는 것도 아니었는데 그
날은 왜 같이 담을 넘었는지 잘 기억나질 않는다. 여하튼 나
는 아이들을 따라 학교 담을 넘었다. 체육, 마지막 한 수업을
남겨둔 때였다.

친구들과 신나게 달려 농구장에 도착했다. 아이들은 어
디서 났는지 이상민과 우지원의 유니폼을 교복 위에 입고

자리에 앉아 엄연히 성이 다른 그들을 '오빠'라 부르며 소리 쳤다. 처음 가본 농구장 열기에 취해 나도 덩달아 가슴이 뛰기 시작했다.

그러나 아무리 들떠도 앉아서 봐야 했다. 농구공마냥 통통 튀어오르며 응원가를 목이 찢어져라 부르지 말아야 했다. 체육 시간, 연고전을 보자고 졸라대는 친구들의 성화에 연대 출신의 선생님이 TV를 켜주셨는데 양호실에 누워 있어야 할 우리가 딱, 완전 정확히, 우리 셋만, 그것도 두 번씩이나 화면에 잡힌 것이었다. 중계 카메라가 우리를 찍으리라곤 정말 상상도 못했다. 아, '운' 그딴 것은 고이 접어 나빌레라.

다음 날 우리는 등교를 하자마자 선생님의 호출로 교무실에 불려갔다. 다행히 연대가 우승을 해서인지 선생님은 반성문을 한 장씩 쓰는 것으로 사건을 조용히 마무리해주셨다.

설마하며 조마조마한 마음으로 경기를 관람하던 반 친구들은 우리의 얼굴이 TV 화면에 나오자 책상을 치고 발을 구르며 교실이 떠나갈 듯 웃었단다. 첫 번째 나왔을 때에는 우리가 아니라고, 비슷한 교복이라고 어떻게든 둘러댔는데, 두 번째 우리 얼굴이 비치는 순간, 어쩜 쟤네는 재수가 없어도 저리 없냐고, 이젠 빼도 박도 못하게 생겼다며 선생님께 이실직고를 했단다.

남들은 옆집 마실 가듯 담을 넘어도 한 번도 안 걸리던데, 나는 생전 처음 넘은 담이 전국적으로 방송을 타버렸으니 월담은 나의 운명이 아니었나보다.

나는 그 후로도 종종 아이들을 따라 농구 경기장을 찾았다(물론, 담을 넘지는 않았다). 연대 농구부 숙소에도 가보았고, 아이들의 선물을 받는 우지원과 이상민의 얼굴도 보았다. 농구장은 늘 가슴이 두근거렸지만 딱 그뿐이었다. 몇 년 뒤 그 이유를 알게 되었다. 나는 농구공보다는 축구공에 가슴이 뜨거워지는 사람이었다. 열두 번째 선수, 나는 붉은 악마가 되었다.

#농구장
#오빠부대
#처음이자 마지막이 된
#월담
#반성문
#농구보다 축구
#붉은 악마

이거 모르면 진짜 옛날 사람도 아니다

부라보콘과 빵빠레

깐돌이와 아이차가 50원이던 시절, 150원짜리 부라보콘은 아빠가 술에 취해 들어오시거나 손님이 오시거나 용돈이 두둑할 때 한 번씩 사 먹을 수 있는 고급 아이스크림이었다.

뾰족한 손잡이 끝에 안타, 홈런 등의 스티커가 들어 있을 때도 있어 친구들과 게임도 할 수 있었던 일석이조의 아이스크림. 그러나 300원짜리 빵빠레가 출시되던 날, 부라보콘의 아성은 무너졌다. 비닐을 뜯어 먹던 하드에서, 종이 껍질을 벗겨 먹는 아이스크림으로의 진화도 놀라웠는데 플라스틱 포장이라니.

아이들은 가게로 몰려갔다. 최대한 겉포장에 묻지 않은, 빵빠레 특유의 모양이 살아 있는 아이스크림을 골라 가게 앞에 앉았다. 그다음에 조심스레 뚜껑을 따고 천천히, 아주 천천히 핥아먹었다. 그리고 과자 부분을 감싸고 있던 플라스틱 손잡이를 분리하는 순간, 바닥에 떨어져 나뒹구는 아이스크림의 처참한 광경을 눈앞에서 마주해야 했다.

빵빠레의 인기가 치솟을수록 고도의 집중력과 기술을 요했던 플라스틱과 아이스크림의 분리 작업에 실패한 꼬마 아이들의 울음소리가 빵빠레처럼 울려 퍼지는 일이 잦아졌다. 허나 눈물을 떨구며 포기하기엔 너무 고가였던 아이스크림. 우리는 떨어진 빵빠레를 재빨리 들어 후후 불고, 먼지가 묻어 떨어지지 않던 아이스크림 부분은 한번 크게 베어 물어 '퉤' 하고 뱉어냈다.

아마 그때부터였을까? 떨어진 음식도 3초 이내에 주워 먹으면 죽지 않는다는 전설의 시초. 어쨌거나 모험을 좋아하지 않는 나의 선택은 오랫동안 부라보콘이었다.

#한 번쯤은 떨어트려본 빵빠레
#3초 룰
#건강무사설
#아직도 건재한 고급 아이스크림의 쌍두마차

이거 모르면 진짜 옛날 사람도 아니다

상상놀이

—

허구한 날 앙케이트 공책이 돌았다.

제때 하지 않으면 책상에 몇 권씩 쌓일 정도였다. 쉬는 시간마다 말뚝박기, 고무줄놀이를 하느라 바빠 죽겠는데, 숙제도 가끔은 작정하고 안 해가서 몸으로 때우던 나인데 자꾸만 쌓여가는 공책 때문에 짜증이 날 지경이었다.

1번부터 이어지는 기나긴 문항들, 자신의 별명은? 혈액형은? 투명인간이 된다면 무엇을 할 것인가? 여탕(혹은 남탕)은 몇 살까지 입장했나? 주택복권 1등에 당첨이 된다면? 좋아하는 연예인은? 종교는? 자신의 장점&단점? 제일 아끼는 보물 1호는? 좋아하는 과목과 싫어하는 과목? 좋아하는 색깔? 10년 뒤 자신의 모습은? 내일 지구가 망한다면? 무인도에 가게 된다면 가져갈 물품 세 가지? 타임머신을 타고 가고 싶은 곳은 어디? 당신의 마스코트는? 받고 싶은 선물은? 끝으로 나에게 남기고 싶은 말 등등 대동소이한 질문들이 빼곡히 적힌 앙케이트 공책들.

이 앙케이트들은 반 친구들의 성향을 파악한다기보다는 타깃이 따로 있는 경우가 많았다. 짝사랑하는 아이가 받고 싶어 하는 선물이나 좋아하는 것을 알아내기 위해 수많은 친구들에게 까는 일종의 밑밥 같은 것이었다.

아무튼 나는 쌓여가는 불온한 앙케이트 공책들을 뒤로하고 물풍선을 날리고, 지우개를 따먹고, 친구의 머리 위로 주문을 걸어 네 명의 친구들과 손가락 두 개로 한 사람을 가뿐히 들어올리는 신기한 놀이에 집중했다. 그러나 공책 주인들이 순순히 기다려줄 리 없었다. 그들이 궁금해하는 진짜 주인공에게 하루라도 빨리 공책을 보내기 위해 나를 닦달하기 시작했다.

짝사랑 마니아들에게 둘러싸여 꼼짝없이 책상에 붙들려 앉은 날, 엉뚱하고 유치한 질문들로 가득한 앙케이트 공책을 채워나갔다.

'주택복권에 당첨되면 엄마에겐 수영장이 딸린 근사한 집을, 아빠에겐 카폰이 달린 자가용을 사줄 거고, 내일 망하는 지구를 위해 난 한 그루의 사과나무를 심겠어. 10년 뒤 나는 <별이 빛나는 밤에>를 진행하는 라디오 DJ가 되어 있을 거고, 무인도에 가게 된다면 비누와 성냥, 강아지 삼순이를 데려갈 거야. 타임머신을 타면 노량 앞바다로 날아가 이순신 장군에게 튼튼한 방패를 전해줄래. 투명인간이 된다면 경보 극장을 마음껏 드나들며 보고 싶은 영화를 죄다 봐야지. 내 보물 1호는 뷰마스터. 받고 싶은 선물? 나를 어디로든 데려다줄 마법의 양탄자. 너무 허무맹랑한가? 그럼 오토리버스 기능이 탑재된 최신형 마이마이.

너에게 남기고 싶은 말? 다시는 이런 앙케이트 돌리지 말자. 내게 마이마이를 선물할 게 아니라면.'

몇 권의 앙케이트에 각기 다른 답을 달기 위해 이런저런 상상에 빠져들었다가 마지막 질문을 끝으로 공책을 덮자 묘한 흥분감이 몰려왔다. 상상했던 모든 것이 마치 이루어진 듯 기분이 좋았다. 슬며시 배어나오는 웃음을 참으며 나는 다시 책상에 엎드렸다. 좀 더 깊고 먼 상상의 나라로 여행을 떠나기 위해.

나는 종종 그렇게 상상놀이를 즐겼다. 내가 할 수 없는, 갈 수 없는, 가질 수 없는 모든 것들이 상상 속에서는 가능했다. 그 속에서는 늘 내가 주인공이고, 결말은 무조건 꽉 막힌 해피 엔딩이었다. 로또 1등 당첨이나 세계일주 비행기 티켓, 프리미어리그 전 경기 관람권도 좋고, 내가 직접 구단주가 되어 좋아하는 선수들로만 축구팀을 꾸릴 수도 있었다. 시나리오 작가나 영화감독이 되어 내가 애정하는 영화배우만으로 한 편의 영화를 완성할 수도, 유투(U2)나 퀸, 라디오헤드, 너바나를 한 무대에 세울 수도 있었다.

뭐, 어떤가. 눈만 감으면 떠날 수 있는 상상의 웜홀 하나쯤 가진다고 세상이 바뀌는 것도 아니고. 혹시 또 모르지 않는가. 이렇게 꿈을 꾸다가 한두 개쯤은 진짜 이루어질지도.

#즐거운 상상놀이
#행복한 멍 때리기
#너도 가져봐
#상상의 웜홀
#주인공은 나야 나
#결말은 무조건 해피 엔딩

이거 모르면 진짜 옛날 사람도 아니다

벨벳 언더그라운드

—

"엄마, 누나가 미쳤어!"

레코드 가게 앞, 수영장 안에서 눈을 뜬 채 수영을 하고 있는 갓난아기의 자켓 디자인에 눈이 가 너바나의 음반을 샀다. 그리고 그날부터 나는 '커트 코베인'의 팬이 되었다.

너바나와 헤비메탈 음반을 사 모으고 정보의 바다 하이텔, 천리안 등의 통신 동호회에서 록 음악의 자취를 찾아 헤맸다. 듣고 싶은 음반이 있으면 고속버스 터미널, 수원, 대전까지도 내려가 LP와 CD를 구했고 신촌, 홍대 주변의 음악 감상실에서 다양한 종류의 록, 메탈 음악을 접했다.

듀스를 좋아해 친구들과 어울려 춤을 추고, 긴 바짓단으로 동네를 죄 쓸고 다니던 동생은 갑자기 시끄러운 헤비메탈을 듣는 내게 악마가 씌었다고, 드디어 미쳤다고 악담을 퍼부었다. 하지만 대중가요나 듣는 조무래기의 말쯤은 록 스피릿으로 간단히 웃어넘길 수 있었다.

나는 시간만 나면 신촌이나 홍대로 달려갔다. 신촌에는 도어즈와 벨벳 언더그라운드, 롤링 스톤즈, 우드스탁, 더 록이, 홍대에는 드럭, 프리버드, 백스테이지 등의 음악 감상실이 있었다. 주인에 따라, 그리고 신청곡에 따라 틀어주는 음악의 분위기가 달랐으므로 나는 기분에 따라 이곳저곳을 옮겨 다니며 심오한 음악의 세계에 빠졌다.

무엇보다 나는 백스테이지, 그곳이 좋았다. 신촌에서 홍대로 넘어가는 언덕에 있었던 지하의 음습한 음악 감상실. 담배 연기가 자욱해 오랜 시간 버티기는 힘들었지만 신청곡도 제법 잘 틀어주고 메탈리카, 너바나, 드림 시어터, 베놈, 카니발 콥스, 퀸, 핑크 플로이드, 마릴린 맨슨, 스매싱 펌킨스, 콘, 유투, NIN, 판테라 등 내가 좋아하는 뮤직비디오가 굳이 신청을 하지 않아도 끊임없이 흘러나왔다.

대개의 음악 감상실은 음료수 하나가 포함된 입장료만

내면 시간제한 없이 음악을 들을 수 있었다. 닥터페퍼, 마운
틴 듀, 체리코크 같은 캔 음료를 나는 그곳에서 처음 맛보았
다. 달콤하고 알싸한 탄산음료를 목으로 넘기며 리듬에 맞
춰 고개를 까딱거리고 박자에 맞춰 발을 굴렀다. 시간 가는
줄 모르고 빠졌던, 록 음악이 내 영혼을 잠식했던 그날들.

내 열정이 좀 사그라들고 음악적 취향이 살짝 변할 즈음
신촌과 홍대에 성행했던 음악 감상실도 하나둘씩 문을 닫기
시작했다. 이름은 록 카페지만 록 음악은 틀어주지 않는, 이
름만 록 카페인 클럽들이 음악 감상실 자리에 들어섰다. 그
리고 내 사랑 백스테이지는 요가원이 되었다.

벨벳 언더그라운드의 마지막 영업 날, 우리는 뚜껑을 돌
려 따야 하는 수입 병맥주와 새우깡 한 접시를 앞에 두고 음
악에 대해, 우리의 청춘에 대해, 그리고 라디오헤드에 대해
끊임없이 이야기를 나눴다.

#헤비메탈
#청춘
#신촌
#홍대
#ROCK AND ROLL
#PEACE

별걸 다 기억하는, 옛날 사람

—

내 남편은 무려 30여 년 전, 나의 짝꿍이었다.

우리는 키 번호 1~2번을 다투던 사이로, 교실 맨 앞줄에 앉아 책상에 금을 긋고 넘어오는 팔뚝을 때리던 정다운(?) 사이였다. 나는 키는 작았지만 골목대장 출신답게 말괄량이 여학생이었고, 남편은 차분하고 조용한(알고 보니 발랑 까진) 남학생이었다.

녀석은 아람단 단복을 교복인 양 입고 다니며 양말을 무릎 아래까지 쭈욱 끌어당겨 신는 이상한 버릇이 있는 아이였다. 나는 밸런타인데이 때 부끄러워 주저주저하는 녀석을 대신해 H양에게 초콜릿을 건네주기도 했고, 용돈을 모아 사온 고무물총을 G에게 빼앗겨 책상에 엎드려 울고 있을 때 녀석을 대신해 물총을 다시 찾아주기도 했다.

난로 당번이 되는 날에는 같이 조개탄을 받으러 가고, 우유 당번이 되면 우유 박스를 함께 들고, 급식 당번이 되면 급식실에서 무거운 밥통과 국통을 나눠 들고 6학년 교실이 있는 4층까지 걸어서 올라갔는데 늘 발이 빠른 내가 먼저, 성격 급한 내가 혼자, 힘이 센 내가 무거운 것을 들었더랬다.

어쨌거나 늘 챙겨주고 달래주고 보호해주던 녀석, 말도 많고 탈도 많던 내 짝, 작고 바짝 마른 그 녀석이 내 남편이 되리라곤, 가끔씩 세련된 양장 투피스를 입고 학교에 나타나던 그의 어머니가 내 시어머니가 되리라곤 한 번도, 아니 조금도 의심해본 적 없었다. 여하튼 그 녀석이 내 남편이 되었다(그간의 구구절절한 사연은 차마 생략하기로 한다).

30년 지기 친구인 남편과 함께 산다는 건 달달함보다 치열함에 가깝고, 진지함보다 가벼움이 어울리고, 절절함보다 친근함이 익숙한, 딱 한마디로 표현할 수 없는 참 애매모호하고 멜랑꼴리 한 그 '무엇'이다. 그러나 '전쟁'과 같은 시절을 보내며 10년이 넘도록 아직까지 함께 있는 것은 우리가 '부부'이기 전에 유년을 함께한 '친구'이기 때문이라고 나는 믿고 있다.

남편은 이 책 속에 등장하는 학교 앞 뽑기 할아버지도, 병아리 아저씨도 안다. 오복 통닭도 알고, 우리 학교 수위 아저씨의 비밀과 왕거미, 은하 슈퍼도 다 알고 있다. 아카데미 오락실은 녀석의 놀이터였고, 비29는 학교 책상 서랍에 몰래 넣고 먹던 우리의 간식이었다.

63빌딩으로 아이맥스 영화 단체 관람을 가던 날, 녀석의 무릎에 앉혔던 O양의 이름을 똑똑히 기억한다(이래서 내가 알고 보니 발랑 까졌다고 했던 것이다). 예쁘장한 여학생 A의 전도에 뜬금없이 교회 성가대에 앉아 노래 연습을 하고 있던 녀석의 얼굴도 기억한다(미안하지만 어쩔 수 없다, 사실이니까. 기억력 좋은 짝꿍을 아내로 둔 너의 불찰이려니 하자).

나는 가끔 쓸데없이 세세한 나의 기억력을 내세워 남편을 도발한다. 같은 시간, 같은 장소, 같은 사건을 겪었지만 다른 기억들. 그 퍼즐의 조각들을 다시 맞추다가 언성을 높이기도 하고 새삼 그날이 떠올라 숨쉬기 버거울 정도로 웃기도 하지만 결국엔, 어차피, 보나마나, 종국엔 나의 승리다. 남편이 '별걸 다 기억한다'며 본인 기억의 오류를 인정하고 신기한 나의 능력에 찬사를 보내는 것으로 나의 '타임슬립 시비 대작전'은 끝을 맺는다. 말하자면 "기억나냐?"며 슬쩍 던지는 이 게임을 빙자한 시비는 남편은 절대 이길 수 없는, 어차피 승자는 '별걸 다 기억하는 나'로 정해져 있는 뻔한 결말의 시나리오인 셈이다.

평소에는 잔소리 듣는 게 싫어 원고를 잘 보여주지 않는데 "기억나냐?"며 슬쩍 원고를 던져주던 날, 남편은 질 것을 뻔히 알면서도 나를 따라 학교 앞 문방구를 거쳐 뽑기 할아버지 앞을 지나고 아카데미 오락실을 건너 만화방 골목까지 걸었다. 맞네, 틀리네, 그랬네, 아니네, 유치한 말장난을 하며 그 시절로 돌아간 철없는 소년 소녀를 빤히 바라보던 딸아이가 "엄마, 그때는 한복 입고 다녔어? 아빠는 짚신을 신고 다닌 거야?" 하고 물으면 그제야 현실로 돌아와 마흔을 훌쩍 넘긴 우리를 마주하게 된다. 옛날이야기가, 정말로 '옛날' 이야기가 되는 순간이다. 아, 세월이 하 수상하다.

우리는 소위 요즘 아이들이 말하는 '옛날 사람'이 되었다. 철 지난 유행가를 자연스레 따라 부르고, 뜬금없는 유행어를 던지며 혼자 배꼽을 잡고, 갑자기 떠오른 옛날이야기에 신이 나 이야기보따리를 와장창 풀어놓는 '옛날 사람'.

그러나 늙어가는 나와는 상관없이 예전의 기억들은 바로 어제 일처럼 점점 더 또렷해진다. 절대 잊지 말라는 듯, 언제든 마음만 먹으면 행복했던 그날로 돌아갈 수 있다는 듯, 머리가 아닌 나의 온몸에 따뜻하게 새겨진다.

'별걸 다 기억하는' 쓸데없이 좋은 나의 기억력이 누군가에게는 조금이나마 쓸모 있는 일이 되면 좋겠다. "맞아, 그땐 그랬지!" 하고 곁에 있는 누군가와 자연스럽게 추억을 나누고 그 시간들을 떠올리며 잠시나마 미소를 머금을 수 있다면, 그런 순간을 선물할 수 있는 어린 날의 종합선물세트 같은 책이 될 수 있으면 참 좋겠다는 소박하지만 야무진 바람을 가져본다. 그리고 우리 기억 속의 '별것'이 대체할 수 없는 '그것'이 되는 어느 날, 그것이 가져다주는 '무엇'에 관하여 다시 이야기 나눌 수 있었으면 좋겠다.

본문에 쓸까 말까 고민하다가 결국은 안 쓰기로 해놓고 이렇게 에필로그에 흑역사를 잔뜩 쏟아내 미안하지만 그날의 시간을 같이 걸었고, 앞으로 쌓여가는 시간들도 함께 걸어야 할 남편에게 심심한 위로와 감사의 마음을 담아 '따봉'을 날린다(원래는 할 이야기가 훨씬 더 많은데 이쯤에서 마무리하는 것을 너도 고맙게 생각해주면 좋겠다). 앞으로 내 말 잘 들으면 널 6학년 8반, 풋풋했던 내 짝꿍으로 영원히 기억하며 더 이상의 흑역사는 꺼내지 않겠다. 하늘땅 별땅 각기 별땅!

원고 이야기를 나누다가 곧잘 삼천포로 빠져 수다를 떨게 되는 출판사 문 실장님께도 오랜만의 작업에 힘을 실어주어서, 그날의 어린 나를 만날 수 있게 해주어서 고맙다는 마음을 전하고 싶다. 놀이백과사전으로 시작된 이야기가 지금의 에세이로 변하기까지 긴 세월 동안 많은 일들이 있었지만 내게는 결이 맞는 또 한 명의 동갑내기 친구가 생기는 아름다운 과정이었노라 슬며시 고백한다. 앞으로 기억나냐며 종종 질척거리더라도 모른 체하기 없기! 싫으면 시집가……. 아, 갔네! 갔어!

그리고 J. 학창 시절 짝꿍이었던 우리가 결혼했다는 사실을 필요 이상으로 진지하게 받아들여 학기 초 짝이 바뀔 때마다 긴장하는 우리 딸(걱정하지 마! 엄마, 아빠가 끝까지 말려줄 테니, 하하). 엄마의 유년 시절에 빠져 있느라 한창 그 시간 속을 걷고 있는 너와 많은 시간 함께하지 못해 미안해. 앞으로 우리 다시 신나게 놀자꾸나. 놀아줄 거지……? 놀아주자! 놀아줘!

마지막으로 소독차 따라갔다가 미아 될 뻔한 나를 찾아
준 아빠, 대식구 살림 건사하느라 바빴을 텐데도 찬밥 한번
준 적 없는 부지런한 엄마, 예쁜 딸아이의 아빠가 되어 있는
남동생, 이제는 같이 늙어가는 못난이 막냇삼촌, 항상 곁에
서 힘이 되어주는 이모들, 그리고 아직까지 생각만으로도
눈물이 차오르는 나의 친할아버지, 따뜻했던 외할머니, 나
를 무척이나 예뻐했던 큰외삼촌 모두 그곳에서 평안하시기
를. 당신들 덕분에 행복한 순간들을 아직도 꿈꾸고 있노라
고백하며…….

　　다정했던 나의 꼬마 친구들 상우, 경선이, 지은이, 정은
이, 민정이 모두 어디에선가 건강히 잘 지내길.

　　내게 행복한 기억을 남겨준 모든 것들에 감사하며,

　　이만 안녕.

별걸 다 기억하는 그녀에게
그가 하는 말

저기요, 그 뷰마스터 내 거예요! 우리 아빠도 사우디아라비아 다녀오셨거든요? 그때 내 선물로 사오신 건데 자꾸 본인 거라고 우기시니 내가 정말 할 말이 없습니다. 그리고 사람들 만날 때마다 물총 뺏겨서 울고 있었는데 본인이 다시 찾아줬다고 무슨 무용담처럼 얘기하던데, 내가 찾아달라고 부탁한 적 없잖아요? 난 괜찮았는데, 울면서 마음 정리 다 했는데 굳이 가서 다시 뺏어와 놓고는 왜 자꾸 생색내는 겁니까?

내가 왕거미한테 딱지 다 잃었을 때 한 장만 빌려달라고 그렇게 애원했는데 끝까지 모른 척했던 거, 그때 너무 서러워서 나도 완전 기억합니다.

허구한 날 비29 카페 들어가서 이랬네, 저랬네, 나는 관심도 없는 얘기 다 들어주고 하루가 멀다 하고 배달 오는 과자박스 다 받아줬는데 옛날 맛 안 난다고, 너무 건강한 맛이라고 나한테 난리칠 때 어찌나 황당하던지…….

마지막으로 내 얘기 본문에 안 쓴다고 십만 원 받아가 놓고 에필로그에 그렇게 쓰기 있습니까? '본문'은 아니지 않냐고요? 양심적으로다가 반납합시다!

#구 짝꿍 현 남편
#나도 몰랐습니다
#별걸 다 기억하는
#네가 내 아내가 될 줄
#그래도 덕분에
#그날의 소년처럼 삽니다

약속하자.

우린 '옛날 사람'이 되어가지만

'행복했던 사람'임은 잊지 않기로.

여러분에게 알려드립니다

37쪽   **박카스** 15세 미만의 복용을 금지하고 있습니다.

62쪽   **뷰마스터(View Master)** 필름 속 사진을 입체적으로 볼 수 있는 1인용 장난감

172쪽   **<브이>** 1984년 10월 26일부터 1985년 3월 22일까지 방영된 19부작 미국 SF드라마

175쪽   **WWF(World Wrestling Federation)** WWE(World Wrestling Entertainment)의 전신, 미국의
프로레슬링 단체

212쪽   **<응답하라 1988>** 2015년 11월 6일부터 2016년 1월 16일까지 tvN에서 방영된 20부작 드라마

234쪽   **<전설의 고향>** 1977년 10월 18일부터 1989년 10월 3일까지 방영된 578부작 KBS 드라마(1기)

260쪽   **새마을 노래** 박정희 작사·작곡

261쪽   **애국가** 작사가 미상, 안익태 작곡

263쪽   **<주말의 명화>** 1969년 8월 9일, 첫 방송을 시작으로 40여 년 동안 매주 방영된 MBC 프로그램

263쪽   **<토요 명화>** 1980년 12월 6일, 첫 방송을 시작으로 27년간 매주 토요일 밤에 방영된 KBS 프로그램

이 책에 사용한 자료의 출처를 밝히기 위해 최선을 다하였습니다.
혹시 누락되었거나 잘못된 점이 있으면 알려주세요. 바로잡겠습니다.